親切的、活潑的、趣味的、致用的

實用歷史叢書

遠流出版公司

國家圖書館出版品預行編目資料

神遊三國 / 沈伯俊作. -- 二版. -- 臺北市 :
遠流，2006〔民95〕
面；　公分. -- （實用歷史. 三國館）

ISBN 978-957-32-5947-3(精裝)

1. 三國演義 - 研究與考訂

857.4523　　　　95023004

實用歷史・三國館
神遊三國（原實用歷史叢書172《三國漫話》，增修版）

作　　者——沈伯俊
圖片來源——沈伯俊・成都武侯祠博物館・財團法人沈春池文教基金會・錦繡中華圖片庫
主　　編——游奇惠
責任編輯——陳穗錚
發 行 人——王榮文
出版發行——遠流出版事業股份有限公司
台北市100南昌路2段81號6樓
郵撥 / 0189456-1
電話 / 2392-6899　　傳真 / 2392-6658
香港發行——遠流(香港)出版公司
香港北角英皇道310號雲華大廈4樓505室
電話 / 2508-9048　傳真 / 2503-3258
香港售價 / 港幣100元
法律顧問——王秀哲律師・董安丹律師
著作權顧問——蕭雄淋律師
2006年12月16日　二版一刷
行政院新聞局局版臺業字第1295號
售價新台幣300元　（缺頁或破損的書，請寄回更換）

ISBN-13　978-957-32-5947-3
ISBN-10　957-32-5947-8
YLib 遠流博識網
http://www.ylib.com　　　e-mail: ylib@ylib.com

三國館

神遊三國

《實用歷史叢書》

出版緣起

王榮文

・歷史就是大個案

《實用歷史叢書》的基本概念，就是想把人類歷史當做一個（或無數個）大個案來看待。本來，「個案研究方法」的精神，正是因為相信「智慧不可歸納條陳」，所以要學習者親自接近事實，自行尋找「經驗的教訓」。

經驗到底是教訓還是限制？歷史究竟是啟蒙還是成見？——或者說，歷史經驗有什麼用？可不可用？——一直也就是聚訟紛紜的大疑問，但在我們的「個案」概念下，叢書名稱中的「歷史」，與蘭克（Ranke）名言「歷史學家除了描寫事實『一如其發生之情況』外，再無其他目標」中所指的史學研究活動，大抵是不相涉的。在這裡，我們更接近於把歷史當做人間社會情境體悟的材料，或者說，我們把歷史（或某一組歷史陳述）當做「媒介」。

・從過去了解現在

為什麼要這樣做？因為我們對一切歷史情境（milieu）感到好奇，我們想浸淫在某個時代的思考環境來體會另一個人的限制與突破，因而對現時世界有一種新的想像。

通過了解歷史人物的處境與方案，我們找到了另一種智力上的樂趣，也許化做通俗的例子我們可以問：「如果拿破崙擔任遠東百貨公司總經理，他會怎麼做？」或「如果諸葛亮主持自立報系，他會和兩大報紙持哪一種和與戰的關係？」

從過去了解現在，我們並不真正尋找「重複的歷史」，我們也不尋找絕對的或相對的情境近似性。「歷史個案」的概念，比較接近情境的演練，因為一個成熟的思考者預先暴露在眾多的「經驗」裡，自行發展出一組對應的策略，因而就有了「教育」的功能。

・從現在了解過去

就像費夫爾（L. Febvre）說的，歷史其實是根據活人的需要向死人索求答案，在歷史理解中，現在與過去一向是糾纏不清的。

在這一個圍城之日，史家陳寅恪在倉皇逃死之際，取一巾箱坊本《建炎以來繫年要錄》，抱持誦讀，讀到汴京圍困屈降諸卷，淪城之日，謠言與烽火同時流竄；陳氏取當日身歷目睹之事與史實印證，不覺汗流浹背，覺得生平讀史從無如此親切有味之快感。

觀察並分析我們「現在的景觀」，正是提供我們一種了解過去的視野。歷史做為一種智性活動，也在這裡得到新的可能和活力。

如果我們在新的現時經驗中，取得新的了解過去的基礎，像一位作家寫《商用廿五史》，用企業組織的經驗，重新理解每一個朝代「經營組織」(即朝廷)的任務、使命、環境與對策，竟然就呈現一個新的景觀，證明這條路另有強大的生命力。

我們刻意選擇了《實用歷史叢書》的路，正是因為我們感覺到它的潛力。我們知道，標新並不見得有力量，然而立異卻不見得沒收穫；刻意塑造一個「求異」之路，就是想移動認知的軸心，給我們自己一些異端的空間，因而使歷史閱讀活動增添了親切的、活潑的、趣味的、致用的「新歷史之旅」。

你是一個歷史的嗜讀者或思索者嗎？你是一位專業的或業餘的歷史家嗎？你願意給自己一個偏離正軌的樂趣嗎？請走入這個叢書開放的大門。

〈推薦人的話〉

神遊三國

羅吉甫

繼《賞味三國》之後，這本《神遊三國》，同樣讓三國書迷耽讀不厭，直呼過癮。

身為三國史家，沈伯俊先生的專家功力，在本書「知識點滴」相關章節展現無遺，頗可滿足某些三國迷的考據癖。大如羅貫中的籍貫、《三國演義》的版本和《三國演義》的「技術性錯誤」，小如呂布使用的兵器、諸葛亮躬耕地點、三國時代的州郡數目，都在作者深入淺出的文筆之下，還其本來面目。

更精彩的是，沈先生以電視連續劇《三國演義》為選樣，說明劇本為什麼這樣安排，那樣表現，不但增添觀眾看戲的樂趣，同時藉以進一步了解三國時代的林林總總。

拍攝電影或電視劇，比起文字創作更需要真功夫。人物出場、場景呈現、動作進行、器具擺設，小說只須用些漂亮的形容詞，甚至籠統簡略，三言兩語，便可交代，可是，到了影片拍攝，就不行這麼混了，觀眾眼見為憑，人物造型、戰爭場面、建築景觀，乃至車馬衣裘，該長什麼樣就得什麼樣，編導若沒有點考證能力，很容易張冠李戴，張飛戰岳飛，鬧出笑話來。

沈伯俊先生長期擔任顧問、編輯，為改編事宜盡心盡力，本書第二部分「改編拾聞」，收集若干篇「為什麼」，在Q&A中，我們發現原來三國讀了半天，卻忽略了這麼多細節。比如今天我們說起三國，不就是魏、吳、蜀？想當然爾，劉備陣營的旌旗，必然書有「蜀」這個大字，殊不知劉備為強調自己的合法性和代表性，為使人心思漢，建立的政權國號仍為「漢」，不是「蜀」，後人以「蜀」或「蜀漢」來稱呼劉備政權，劉備卻不會自稱為「蜀」，因此，電視劇片頭出現「魏」「蜀」「吳」為標誌的一隊隊旌旗，是錯誤的。

又如籌拍諸葛亮七擒孟獲，其中「洞中有山」是怎麼回事，導演一頭霧水，經過說明，原來洞者，峒也，是元明時期對某些少數民族聚居區的稱呼。拍戲時不但省卻力氣，不必找一個巨大山洞，在裡頭蓋宮殿，也少出一次糗。這些拍片的花絮插曲，經作者娓娓道來，為讀者授業解惑，讓我們對三國多了幾分理解，少了幾分誤解。

沈先生是「讀萬卷書，行萬里路」這句千古格言的實踐者。他親訪三國遺蹟（或曰「與三國有關的名勝古蹟」），發而成文，輯錄於本書第三部分「三國尋蹤」。好看的是，這些文字並不是流水賬的鋪陳，反而情真意切，或發思古之幽情，或抒歷史之教訓，談史論事，評人說理，兼寫胸中丘壑，一澆心中塊壘。他在馬超墓前憑弔馬超，感嘆立志報仇雪恨的馬超，投降後，因為身非劉備嫡系，整整八年，偶任偏師，很少統兵出征，有志難伸卻不能動氣，以免遭人懷疑有貳心，其鬱抑如此，羅貫中在演義中為馬超一吐怨氣，虛構「割鬚棄袍」「夜戰張飛」等情節，凸顯他的英勇，卻離史實甚遠。又，在雙忠祠，嘆諸葛瞻無乃父諸葛亮之智，輕舉妄動，敗壞大事，致使蜀漢國勢無力回天，沈先生嘆道，政治人物不僅要有盡忠志節，還要有救亡良策。悲憤之情，惋惜之心，溢於言表。

從《三國演義》的現代啟示，到「三國文化」概念初探，《神遊三國》是喜歡三國、有志研究三國的朋友，是企圖從三國個案幫助生涯發展的朋友，案頭不可缺少的參考書籍。

【推薦人簡介】羅吉甫，台灣新竹人，一九五九年生於桃園，東吳大學中文系畢業。曾任教職和雜誌、出版社編輯，目前專事寫作，並於智邦生活館發行《歷史智囊電子報》，擔任遠流博識網《三國大本營》討論區版主。出版有《日本帝國在台灣》(原名《野心帝國》)、《商戰孫子》、《商戰吳子》、《諸葛亮領導兵法》、《三國大謀略》(原名《謀略三國》)、《謀略春秋》、《戰國謀略縱橫》、《奇來有智》、《臥虎藏龍三國智》等實用歷史系列，和《兩好三壞的人生路》、《火車涂鴻欽》、《明華園遇鬼記》等書。

〈前言〉

神會三國奧祕，心遊萬里江山

沈伯俊

繼《賞味三國》一書之後，拙著《**神遊三國**》也即將與廣大讀者見面了。我對此感到十分高興。

在《賞味三國》前言中，我指出，《三國演義》是一部公認的「奇書」。《三國》之奇，首先表現在人才之奇，其次表現在情節之奇，再次表現在文章之奇。這裡我要說，《三國演義》又是一部中國封建社會的百科全書。這不僅指它的內容十分豐富，涉及政治、軍事、文化等諸多領域，包含了許許多多令人感興趣的奧祕；而且指由它衍生出一系列多姿多彩的文化現象，其中最突出的，一是各種門類、各種形式的改編與再創作，二是遍及全國的三國遺蹟。這本《**神遊三國**》共收六十四篇文章，就分為三輯：（壹）知識點滴；（貳）改編拾聞；（參）三國尋蹤。

在「知識點滴」部分，我秉持多年來撰寫隨筆類文章的一貫態度，主要針對廣大讀者「感興趣但不太瞭解，知道一點卻說不清楚」的問題來寫作，把學術性、知識性、可讀性結合起來，力求給讀者提供正確而有益的知識，和大家一起解讀種種奧祕。例如：〈羅貫中的籍貫究竟在哪裡？〉、〈《三國演義》有哪些重要版本？〉、〈「桃園結義」的核心價值是什麼？〉、〈歷史上的呂布用的是方天畫戟嗎？〉、〈諸葛亮究竟躬耕何處？〉、〈「隆中對」究竟對不對？〉、〈「軍師」是什麼官？〉、〈諸葛亮是「愚忠」嗎？〉、〈曹操方面有無「五虎大將」？〉、〈三國將軍知多少？〉、〈「荊州」的演變〉、〈東漢三國時有沒有「西川」？〉、〈「六郡八十一州」之說對不對？〉……涉及的往往是大家比較關心，甚至頗有爭議的問題。這類文章，可以說就是在探索《三國演義》的奧祕，幫助大家在愉快的閱讀中開闊眼界，增廣見聞，增強進一步閱讀原著、閱讀更多好書的動力。此外還有一些文章，如〈《聊齋》中的三國題材作品〉、〈《三國演義》現代啟示錄〉、〈《三國演義》在國外〉等，大家可能也會感興趣。

在「改編拾聞」部分，主要收入兩類文章：一類談我參與策劃、具體介入和支持《三國演義》的改編與再創作的一些經歷，特別是有關我所說的「《三國》改編的三大藝術工程」（廣播連續劇《三國演義》、電視連續劇《三國演義》、系列電影《三國演義》）的種種見聞。另一類是有關電視連續劇《三國演義》的若干問題解答。這些問題，有的直接來自小說《三國演義》，如〈為什麼以「魏、蜀、吳」稱三國？〉、〈為什麼張角要以「黃天當立」為號召？〉、〈為什麼要寫「孟德獻刀」和「殺奢」？〉、〈為什麼「割髮代首」有那麼大的震懾力？〉、〈為什麼袁紹要派淳于瓊看守烏巢〉、〈為什麼稱「南陽諸葛亮」？〉；有的則係在電視劇創作中產生，如〈為什麼寫貂蟬「化做了一片白雲」？〉、〈為什麼寫師勗其人？〉、〈為什麼使用半文半白的語言？〉、〈為什麼武打顯得不那麼精彩？〉；還有一篇從總體上探討電視劇的成功之道，這就是〈《三國》電視劇面對的五大矛盾〉。這些文章，也是在探幽觸微，解析若干大家平時未必注意、未必瞭解的知識，尋繹小說和電視劇中的一些藝術祕密。近年來，有關《三國演義》和其他古典文學名著的改編與再創作方興未艾。我認為，既然是改編和再創作（與原著無關的新編除外），其中必須堅持的一個基本原則是：在人物性格基調和總的褒貶傾向上，應該尊重廣大讀者的接受心理，與原著大致相似，至少是不相衝突。如果違背這個基本原則，自以為是，故意與原著唱反調，無論多麼聰明能幹的編導，也只能落得個失敗的結局。

在「三國尋蹤」部分，我首先指出：「人們今天所說的『三國遺蹟』，大部分並非真正的『由三國時期遺留至今的古蹟』，而是在漫長的歷史過程中逐步形成的『與三國有關的名勝古蹟』」。這一觀點，強調了三國遺蹟的「歷時性」特徵和「心靈史」意義。以這一觀點為主線，這一輯的絕大部分篇章，以散文筆法，敘述了我踏訪許多三國遺蹟的經歷，介紹這些遺蹟的來龍去脈，連綴相關的民間傳說和軼聞趣事，抒發我徜徉其間的思考和感慨，提出我對某些遺蹟保護建設的意見和建議。這些遺蹟，以成都——廣元這條最有名、最成熟的旅遊線為重點，包括成都武侯祠、綿竹雙忠祠、羅江龐統祠墓、綿陽富樂山、蔣琬墓、梓潼臥龍山、翠雲廊、劍門關等著名景點；此外，還介紹了湖北襄樊「古隆中」、河南許昌灞陵橋、春秋樓、受禪台、山西清徐羅貫中紀念館、浙江富陽孫權故里等重要遺蹟或景點。閱讀這些篇章，讀者當有目盡青天、心遊萬里的感覺。

總之，本書的全部內容，就是「神會三國奧祕，心遊萬里江山」。

是的，神會三國奧祕，心遊萬里江山。讀者諸君，請與我一起前行。

二〇〇六年十一月十日

於錦里誠恆齋

目錄

【貳】改編拾聞

【參】三國尋蹤

神遊三國
沈伯俊／著

【壹】知識點滴

1 《三國志》與《三國演義》

近年來，隨著《三國演義》研究的蓬勃發展，「三國熱」長盛不衰，並日益升溫，形成一種獨特而富有魅力的文化現象，引起了海內外人士的廣泛關注。

古典文學名著《三國演義》與中華民族的關係實在太密切了，而在廣闊的中華大地的諸多省、市、自治區中，《三國演義》與四川的關係又特別密切。

要說《三國演義》與四川的關係，首先就得說到四川古代著名史學家陳壽的《三國志》。

陳壽（公元二三三～二九七年），字承祚，巴西郡安漢縣（今四川南充）人。其父曾為蜀漢將領，任馬謖參軍；諸葛亮首次北伐時，馬謖違背軍令，敗軍街亭，損兵折將，被諸葛亮斬首，陳壽之父亦受處罰。陳壽本人生活在蜀漢後期和西晉前期。當他兩歲時，蜀漢賢相諸葛亮已經去世。他曾師事同郡著名學者譙周，擔任過蜀漢東觀祕書郎、散騎黃門侍郎。當時，宦官黃皓操縱權柄，許多朝臣都去巴結逢迎，陳壽卻正直不屈，因而屢遭貶黜。炎興元年（公元二六三年），蜀漢被曹魏所滅。此時陳壽三十一歲，正是年富力強之時。兩年以後，司馬炎取代曹魏政權，建立晉朝。陳壽家居數年後，因司空張華欣賞其才華，舉為孝廉，歷任著作郎、平陽侯相、治書侍御史等職，曾於晉武帝泰始十年（公元二七四年）編成《諸葛亮集》二十四篇。太康元年（公元二八〇年），西晉滅吳，統一全國。四十八歲的陳壽開始系統搜集魏、蜀、吳三國史料，經過大約十年的努力，撰成《三國志》六十五卷，包括《魏書》三十卷、《蜀書》十五卷、《吳書》二十卷。

《三國志》是一部紀傳體史書。陳壽身為西晉朝臣，而西晉政權是由曹魏政權禪代而來，為了維護其合法性，陳壽不得不以魏國為「正統」，魏國君主皆為「紀」，而蜀漢、孫吳的君主則低一個規格，立為「傳」。然而，僅從《三國志》的書名就可以看出，陳壽實際上是把魏、蜀、吳三國視為平行的並立政權的，並沒有故意抬高曹魏而貶低蜀、吳。從總體上看，陳壽在記載魏、蜀、吳三國的歷史時，態度比較公允持平，基本上能秉筆直書。如對多次率軍攻伐曹魏，又處罰過自己父親的諸葛亮，他既不以成敗論英雄，也不挾私嫌而用曲筆，而是在〈諸葛亮傳〉中如實記載了諸葛亮一生的顯赫功績和崇高品德，並且滿懷仰慕之情，「評曰：諸葛亮之為相國也，撫百姓，示儀軌，約官職，從權制，開誠心，布公道……終於邦域之內，咸畏而愛之，刑政雖峻

◀陳壽塑像

▼位於四川南充的萬卷樓相傳是陳壽年輕時讀書之地

而無怨者，以其用心平而勸戒明也。可謂識治之良才，管、蕭之亞匹矣。」這種公正求實的態度，加之取材謹嚴，文筆簡潔，使《三國志》享有「良史」的美名，與《史記》、《漢書》、《後漢書》合稱「前四史」。這位四川歷史上的優秀史學家，贏得了後人深深的敬意。

陳壽的《三國志》也有不足之處，主要缺點是記載過於簡略，對一些重要的歷史事件和人物事蹟，有的語焉不詳，有的甚至遺漏。例如，對於三國歷史影響極大的赤壁之戰，陳壽的記載就不夠完整全面，有關材料分散於《魏書・武帝紀》、《蜀書・先主傳》、〈諸葛亮傳〉、《吳書・吳主傳》、〈周瑜傳〉、〈魯肅傳〉等不同人物的「紀」、「傳」中，每一篇的記載都不夠完整具體（〈周瑜傳〉稍好一些），當時人的若干記載，他都未採用。這就給後人留下一些遺憾乃至疑問。到了南朝劉宋時期，史學家裴松之（公元三七二～四五一年）廣泛搜集資料，於元嘉六年（公元四二九年）寫成《三國志注》（簡稱「裴注」）。裴注引書多達二百餘種，主要是補充缺漏，記載異說，矯正謬誤，辨明是非，並對有關史家和著作予以評論，極大地彌補了《三國志》之不足。由於裴注所引之書絕大部分都已亡佚，這些注文便彌足珍貴。從此，《三國志》與裴注就形成一個整體，成為後人了解三國歷史的最主要的依據。

元末明初的傑出作家羅貫中，在創作《三國演義》這部文學名著時，就是以《三國志》（包括裴注）為取材基礎的。現存最早的《三國演義》版本是明代嘉靖壬午（公元一五二二年）刊本《三國志通俗演義》（簡稱「嘉靖元年本」），共二十四卷二百四十回（後來的《李卓吾先生批評三國志》合併為一百二十回，經清初毛綸、毛宗崗評改本《三國演義》加工而定型），其卷首題署為：「晉平陽侯（相）陳壽史傳，後學羅貫中編次」。這清楚地表明了羅貫中對陳壽的敬慕和對《三國志》的倚重。作為一部比較嚴謹的歷史演義小說，《三國演義》具有不同於一般文學作品的特點：儘管它可以通過多種方式進行藝術虛構，可以帶上作者的強烈的愛憎感情和褒貶傾向；然而，它反映歷史生活的基本框架卻應該大致符合歷史發展的脈絡，它描寫歷史上實有的人物時（虛構的人物是另一碼事），其主要情節也應該大體上與人物的性格一致（或是曾有的史實，或是特定條件下可能有的言行）。正是這條基本規律，使羅貫中在創作時不能不「據正史，採小說」（明・高儒：《百川書志》），使《三國演義》在內容上受到《三國志》的很大影響。

通觀《三國演義》全書，真實而具體地描寫了靈帝失政、黃巾起義、天下大亂、董卓弄權、軍閥混戰、曹操當政、官渡之戰、赤壁鏖兵、荊州之爭、夷陵之戰、平定南中、孔明北伐、鄧艾滅蜀、司馬代魏、王濬滅吳等漢末至西晉統一期間的重大歷史事件，情節發展的基本線索與《三國志》記載的史實大致吻合（有的情節取材於《後漢書》和《晉書》）。同時，書中大多數重要人物的主要言行業績，也往往可以在《三國志》（包括裴注）中找到根據或影子。試以深受讀者喜愛的趙雲形象為例。嘉靖元年本描寫趙雲的主要情節有：卷二第十三回〈趙子龍磐河大戰〉，寫趙雲第一次出場，救了被袁紹大將文醜殺敗而險些喪命的公孫瓚，表明心跡道：「方今天下滔滔，民有倒懸之危。雲願從仁義之主，以安天下，非特背袁氏以投明主。」這取材於《三國志‧蜀書‧趙雲傳》裴注引《趙雲別傳》。卷九第八十二回〈長坂坡趙雲救主〉，寫趙雲在長坂坡曹軍重重圍困之中，先後救出甘夫人和阿斗。這取材於〈趙雲傳〉。卷十一第一〇四回〈趙子龍智取桂陽〉，寫趙雲奪取桂陽後，太守趙範欲以寡嫂樊氏改嫁，趙雲憤然拒絕。這取材於《趙雲別傳》。卷十三第一二一回〈趙雲截江奪幼主〉，寫孫夫人返東吳，欲將阿斗帶走，被趙雲趕上，奪回阿斗。這取材於《趙雲別傳》。卷十三第一三〇回〈劉玄德平定益州〉，寫劉備奪取益州後，欲將成都有名田宅分賜諸官，被趙雲諫阻。這取材於《趙雲別傳》。卷十五第一四二回〈趙子龍漢水大戰〉，寫趙雲先後救出黃忠、張著，又匹馬單槍立於營門之外，使追來的曹兵驚疑退走，被劉備稱讚為「渾身都是膽」，號為「虎威將軍」。這也取材於《趙雲別傳》。卷十七第一六一回〈范彊張達刺張飛〉，寫劉備為替關羽報仇，欲伐東吳，趙雲挺身加以諫阻。這同樣取材於《趙雲別傳》。卷二十第一九一回〈孔明揮淚斬馬謖〉，寫失街亭後，蜀軍撤退，唯趙雲所部不曾損失一人一騎，諸葛亮欲加賞賜，趙雲謝絕，希望留待冬天賞賜諸軍。這仍然取材於《趙雲別傳》。這就充分地說明，《三國演義》中那個勇武善戰、深明大義、公忠體國、謙虛謹慎的趙雲形象，正是在《三國志》（包括裴注）提供的史料的基礎上塑造出來的。

當然，《三國演義》畢竟是小說，畢竟離不開想像和虛構。書中大部分情節，都不同程度地帶有虛構成分；而且，最生動傳神的情節，往往也是虛構成分最多乃至純然虛構的（從拙著《賞味三國》和本書的許多篇章，特別是《賞味三國》第二部分「情節探祕」和第三部分「名段鑑賞」中，讀者可以深切地感受到這一點）。同時，它的故事來源，除了《三國志》之外，還有《後漢書》、《資治通鑑》等有關史籍，還有宋、金、元的通俗藝術「說三分」、三國題材戲曲和眾多的民間三國傳說。在此基礎上，再加上羅貫中的天才創造，才成就了這部不朽的作品。但是，無論如何，《三國志》終究為《三國演義》提供了最基本的骨架（需要指出的是，《三國演義》在敘事結構上受到《資治通鑑》的明顯影響，對此應該予以重視；不過，《通鑑》有關三國的史料也主要取自《三國志》和裴注）。

從某種意義上可以說，如果沒有陳壽的《三國志》，就不可能有羅貫中的《三國演義》。對此，四川人有充分的理由感到自豪。

2 羅貫中的籍貫究竟在哪裡？

羅貫中是中國文學史上最傑出的作家之一，其作品《三國演義》可謂家喻戶曉。然而，對於他的生平，我們所知甚少。不說別的，就連他是哪裡人士，至今尚無定論。

明清以來，對羅貫中的籍貫主要有四種說法：一、東原（今山東東平）人；二、太原（今山西太原）人；三、杭人，或錢塘人、越人，即今浙江杭州人；四、廬陵（今江西吉安）人。二十世紀三十年代以來，特別是最近二十年，學術界對這個問題的研究，集中表現為「東原」說與「太原」說的爭論。

「東原」說的基本依據，是庸愚子（蔣大器）寫於弘治甲寅（公元一四九四年）的〈三國志通俗演義序〉明確提到「東原羅貫中」，嘉靖元年（公元一五二二年）本《三國志通俗演義》、嘉靖二十七年（公元一五四八年）葉逢春刊本《通俗演義三國志史傳》、萬曆十九年（公元一五九一年）周曰校刊本《三國志通俗演義》、萬曆三十三年（公元一六〇五年）聯輝堂刊本《三國志傳》，以及夏振宇本、《英雄譜》本、種德堂本、湯賓尹本等明代《三國演義》刻本的署名均為「東原羅貫中」；「太原」說的基本依據則是明初《錄鬼簿續編》的記載：「羅貫中，太原人。」對此，學者們分別作了闡說和論辯。

關於「東原」說。劉知漸先生指出：「嘉靖本《三國志通俗演義》卷首，有一篇庸愚子（蔣大器）在弘治甲寅（公元一四九四年）年所作的序，文中稱羅貫中為東原人。這個刻本很早，刻工又很精整，致誤的可能性較小。賈仲明是淄川人，自稱與羅貫中『為忘年交』，那麼，羅是東原人的可能性似乎更大一些。《錄鬼簿續編》出於俗手所抄，『太』字有可能是『東』字草書之誤。」（〈重新評價《三國演義》〉，載中國《社會科學研究》一九八二年第四期）王利器先生也持同樣的看法，並說：「我之認定羅貫中必是東平（即東原）人，還是從《水滸全傳》得到一些消息的。《水滸全傳》有一個東平太守陳文昭，是這個話本中唯一精心描寫的好官。東平既然是羅貫中的父母之邦，而陳文昭又是趙寶峰的門人，也即是羅貫中的同學，把這個好官陳文昭說成是東平太守，我看也是出於羅貫中精心安排的。」（〈羅貫中與《三國志通俗演義》〉上篇，載中國《社會科學研究》一九八三年第一期）此外，葉維四、冒炘、刁雲展等學者亦主「東原」說。

關於「太原」說。二十世紀六十年代以來中國幾部影響較大的文學史、小說史，如中國科學院文學研究所編寫的《中國文學史》、游國恩等先生主編的《中國文學史》、北京大學中文系編寫的《中國小說史》等，均主此說，原因在於編者們見《錄鬼簿續編》作者自稱與羅貫中「為忘年交」，因而對其記載確信不疑。八十年代以來，孟繁仁等先生先後發表〈羅貫中試論〉、〈《錄鬼簿續編》與羅貫中種種〉等文，除繼續強調《錄鬼簿續編》記載的「權威性」外，還提出羅貫中創作的幾部小說中著意褒美的人物，如《三國志通俗演義》中的關羽、《殘唐五代史演義傳》中的李存孝、《三遂平妖傳》中的文彥博等，都是山西人，這顯然與他的鄉土觀念有關。

針對孟繁仁先生的論述，我曾發表〈關於羅貫中的籍貫問題〉一文（載中國《海南大學學報》一九八七年第二期），以友好切磋的精神，進行了比較細緻的辯析。首先，從三個方面對《錄鬼簿續編》記載的權威性提出質疑，指出羅貫中的作品本身比《續編》的記載更為可靠，而且《續編》確實存在一些錯訛之處，因此《續編》中「太原人」一語，不能當然地視為無須證明的「鐵證」。其次，通過對羅貫中作品中主人公籍貫的分析，指出用「故土性」來解釋羅貫中的籍貫是不可靠的。再次，我還不同意孟繁仁先生以傳說為論據的作法，指出：「民間傳說自有其特殊的審美價值」，但在長期的流傳變異中，「往往與事物的原貌差距很大」，因此「一般不應成為考證歷史人物生平的依據。」我還對如何繼續探討羅貫中的籍貫問題提出了幾點建議：一、注意《錄鬼簿續編》有無別的抄本。如果幸爾發現新的抄本，就可以判定其中的「太原」二字究竟是否誤抄。二、注意有關羅貫中生平的新發現。三、確認《三國志傳》是《三國演義》的祖本，並判定其成書年代，那麼，其題署「東原羅貫中」與庸愚子〈三國志通俗演義序〉中所說的「東原羅貫中」互相印證，就可以成為確定羅貫中籍貫的有力證據。

此後，孟繁仁先生又發表〈《題晉陽羅氏族譜圖》與羅貫中〉、〈太原《羅氏家譜》與羅貫中〉等文，提出羅貫中的始祖原為四川成都府人，五代後唐時因仕於青州（今山西太原市清徐縣），遂移居該地。因此，羅貫中應為太原清徐縣人。不過，我認為，這裡的論證尚有若干脫節之處，帶有不少猜測成分，還不一定可靠。不久以前，陳遼先生發表〈太原清徐羅某某絕非《三國》作者羅貫中〉一文（載中國《中華文化論壇》二〇〇〇年第一期），指出持「清徐」說者在對《羅氏家譜》的解讀上存在嚴重的失誤，將「先祖」、「遠代祖宗」與《家譜》中的「始祖」、「第一代」混為一談，從而造成巨大的世系計算差錯，可見「清徐」說難以成立（參見本書第三部分〈訪清徐羅貫中紀念館〉一文）。

在兩說的爭論中，公元一九九四年，劉穎獨闢蹊徑，在〈羅貫中的籍貫——太原即東原解〉（載中國《齊魯學刊》一九九四年增刊）中指出：歷史上有過三個太原郡，分別在今天的山西、寧夏、山東。《錄鬼簿續編》所說的「太原」，很可能是指東晉、劉宋時期設置的「東太原」，即山東太原，與「東原」實為一地。東太原這一建制早已廢置，但因《錄鬼簿續編》的作者有用古地名、地方別名等生僻地名的習好，故對羅貫中的籍貫也用了生僻地名。此處的「太原」，與《水滸傳》、《三國志傳》上題署「東原」都是對的，只是分別用了兩個生僻的古地名。這是一個具有啟發意義的思路。隨後，楊海中的〈羅貫中的籍貫應為山東太原〉（載中國《東岳論叢》一九九五年第四期）、杜貴晨的〈羅貫中籍貫「東原」說辨論〉（載中國《齊魯學刊》一九九五年第五期）進一步論述了「太原」應指「東太原」，亦即「東原」。這樣，就為「東原」說與「太原」說打通了聯繫，朝著問題的解決大大前進了一步。

羅貫中的籍貫究竟在哪裡？目前看來，還是一個未解之謎。

3 《三國演義》有哪些重要版本？

《三國演義》問世以後不久，就出現了「士君子之好事者，爭相謄錄」（庸愚子：〈三國志通俗演義序〉）的盛況。嘉靖元年（公元一五二二年），出現了最早的刻本《三國志通俗演義》。此後，各種各樣的刻本層出不窮，歷數百年而不衰，直到今天，我們知道的明代刻本還有二十多種，清代刻本還有七十多種。可以說，《三國》版本之多，在古代小說中是無與倫比的。

在這麼多的《三國》版本中，有哪些是比較重要的呢？要回答這個問題，首先需要將眾多的版本加以分類。從版本形態的角度來看，《三國演義》的版本大致可以分為這樣三個系統：

一、《三國志通俗演義》系統。除了上面提到的嘉靖元年刻本《三國志通俗演義》（簡稱「嘉靖元年本」）之外，還包括萬曆十九年（公元一五九一年）金陵周曰校刊本《新刊校正古本大字音釋三國志通俗演義》（簡稱「周曰校本」）和夏振宇刊本《新刊校正古本大字音釋三國志傳通俗演義》（簡稱「夏振宇本」）等等。

二、《三國志傳》系統。包括嘉靖二十七年（公元一五四八年）建陽葉逢春刊本《三國志傳》（簡稱「葉逢春本」）、萬曆二十年（公元一五九二年）余象斗刊本《新刻按鑑全像批評三國志傳》（簡稱「余象斗本」）、萬曆三十三年（公元一六〇五年）聯輝堂刊本《新鍥京本校正通俗演義按鑑三國志傳》（簡稱「聯輝堂本」）、萬曆三十八年（公元一六一〇年）楊春元刊本《重刻京本通俗演義按鑑三國志傳》（簡稱「楊春元本」）、《新刻湯學士校正古本按鑑演義全像通俗三國志傳》（簡稱「湯賓尹本」）等等。

三、毛宗崗父子評改本《三國志演義》（簡稱「毛本」）系統。毛本原名《四大奇書第一種》，後來又被稱為《第一才子書》。現存的七十多種清代《三國》刻本，絕大部分屬於毛本系統。

此外，還有幾種處於過渡形態的版本，最有代表性的是《李卓吾先生批評三國志》（簡稱「李卓吾評本」）。它來源於「周曰校本」或「夏振宇本」，又是毛本的版本基礎。

在分類的基礎上，我們可以說，《三國演義》最重要的版本有：「嘉靖元年本」、「周曰校本」、「夏振宇本」、「三國志傳」、「李卓吾評本」、「毛本」。

五四以後，新式的標點排印本逐漸出現。一九四九年以來，中國最流行的版本是人民文學出版社整理本。它以毛本為基礎，刪去毛氏的評語，糾正了其中的一些錯誤，並加上少量注釋，成為一個較好的通行本。但是，由於受過去的研究水準的限制，人民文學出版社整理本中仍然存在著很多「技術性錯誤」，包括人物錯誤、地理錯誤、職官錯誤、曆法錯誤和其他類型的錯誤。儘管如此，它迄今仍是中國發行量最大的版本。

自八十年代以來，中國大陸很多出版社都出版了《三國演義》排印本。不過，真正經過認真整理，具有學術價值的版本只是一部分。讀者不妨注意以下幾種：

一《新校注本三國演義》。吳小林校注，陳邇冬審訂，四川文藝出版社一九八六年四月第一版。它在人民文學出版社整理本的基礎上，作了進一步的校勘，改正了一些錯誤，新增大量注釋，更加便於一般讀者閱讀。

二《校理本三國演義》。沈伯俊校理，江蘇古籍出版社一九九二年二月第一版，一九九五年九月第六次印刷。它以毛本為基礎，刪去毛評，著重校正書中大量存在的「技術性錯誤」，並以「校理一覽表」的形式，依次列出「技術性錯誤」，指出錯誤所在，提出校正意見，說明校正依據；同時，針對讀者不知道或似是而非之處進行注釋，深入淺出，給人以新知。此本學術價值較高，受到學術界和廣大讀者的高度評價，被認為是迄今最好的整理本。

三、毛本《三國演義》整理本。沈伯俊整理，中州古籍出版社一九九二年八月第一版。它對毛本第一次進行了全面的整理，糾正了其中的大量「技術性錯誤」，並對有關毛本的幾個基本問題作了系統論述，具有較高的學術價值。

四、嘉靖本《三國志通俗演義》整理本。沈伯俊整理，花山文藝出版社一九九三年五月第一版，一九九八年十月第二版。它是嘉靖本問世以來的第一個富於學術意義的整理本，校正了其中的大量「技術性錯誤」，並作了簡明扼要的注釋。此本具有較高的學術價值，有助於澄清若干流行已久的錯誤認識，對專業研究者和一般讀者都頗有益處。

五、《李卓吾先生批評三國志》整理本。沈伯俊、李燁校注，巴蜀書社一九九三年十一月第一版。它是「李卓吾評本」的第一個有研究基礎的整理本，校正了其中的大量「技術性錯誤」，作了比較詳細的注釋，並對「李卓吾評本」的真偽、來源、特色和貢獻作了全面論述，具有較高的學術價值。

六、周曰校刊本《三國志通俗演義》點校本。劉敬圻、關四平點校，北方文藝出版社一九九四年六月第一版。它是「周曰校本」的第一個標點排印本，點校者以「存真」為主要原則，基本上保持了正文的原貌。由於「周曰校本」比嘉靖本增加了一些情節，而原書難以看到，此本頗有學術價值。

此外，李靈年、王長友整理的《鍾伯敬先生批評三國志》（黃山書社出版）、蕭欣橋點校的《

李笠翁批閱三國志》（浙江古籍出版社出版），也都很有參考價值。

4「桃園結義」的核心價值是什麼？

《三國演義》第一回寫到漢靈帝中平元年（公元一八四年）黃巾起義爆發時，劉備先後結識了張飛、關羽兩位豪傑，三人情投意合，認識次日便舉行了膾炙人口的「桃園結義」。

應該指出，這個情節是虛構的。《三國志・蜀書・關羽傳》寫道：「先主於鄉里合徒眾，而羽與張飛為之禦侮。先主為平原相，以羽、飛為別部司馬，分統部曲。先主與二人寢則同床，恩若兄弟。」同書《張飛傳》也寫道：「少與關羽俱事先主。羽年長數歲，飛兄事之。」這兩條記載，只是說張飛把關羽當作哥哥看待，二人忠心耿耿追隨劉備，而劉備對他們也十分親近，「恩若兄弟」；但並沒有說三人正式結拜為兄弟。宋元以來，通俗文藝對「恩若兄弟」一語加以增飾渲染，逐漸形成「桃園結義」故事。元代的《三國志平話》中有「桃園結義」一節，元雜劇也有無名氏撰的《劉關張桃園三結義》。正是在此基礎上，羅貫中在《三國演義》中設計了「桃園結義」這一情節。由於它是「恩若兄弟」這個史實的合理延伸與發揮，符合人物的性格邏輯，也符合讀者的接受心理，因而得到廣大群眾的認可，幾百年來，影響極大，婦孺皆知。

說到「桃園結義」，人們最容易聯想到的是誓詞中「不求同年同月同日生，只願同年同月同日死」兩句，以為這就是劉關張結義的核心價值。其實，這只是一種表面化的認識，並未抓住問題的實質。這兩句誓詞，僅僅表示了忠於兄弟情誼的決心，卻並未涉及結義的宗旨和奮鬥目標。——有誰會把「只願同年同月同日死」當作結義的目標呢？因此，它決非劉關張結義的價值追求。

那麼，「桃園結義」的價值追求究竟是什麼？我認為，《三國演義》已經寫得很清楚，就是誓詞中的四句話：「同心協力，救困扶危；上報國家，下安黎庶」。其中的核心價值則是後面八個字：「上報國家，下安黎庶」。正是這八個字，使得劉關張的結義具有了崇高的政治目標，使他們不僅與董卓集團那樣害國害民的狐群狗黨有著天淵之別，與袁術集團那樣趁著亂世占山為王卻不顧百姓死活的軍閥判若雲泥，也與形形色色以利相交的狹隘小集團不可同日而語。因此，「上報國家，下安黎庶」成為劉關張高高舉起的一面正義旗幟，成為劉蜀集團得人心的根本原因。羅貫中將這八個字寫入劉關張結義的誓詞，使《三國演義》中的「桃園結義」超越了一般通俗文藝，達到了新的精神境界。

由於《三國演義》的巨大影響，後世模仿「桃園結義」者甚多。滿族領袖仿效「桃園結義」，與蒙古諸汗約為兄弟，自認為是劉備，而以蒙古為關羽，從而增強了自己的實力（參見本書〈《三國演義》在少數民族中的傳播和影響〉一文）。農民起義、民間結社、幫會組織也往往仿效結義的形式，宣稱「不求同年同月同日生，只願同年同月同日死」。一些人以某些幫會組織乃至黑社會也有這類言詞為口實，指責《三國演義》影響不好，這是一種脫離作品實際、缺乏歷史觀念的皮相之見。結義只是一種形式，關鍵在於結義的目的是什麼。「桃園結義」的目標是「上報國家，下安黎庶」，農民起義軍也採用結義方式，為的是反抗封建統治，與黑社會豈能混為一談？如果有人要拜把子幹壞事，這就已經與「桃園結義」的目標背道而馳了，與《三國演義》有什麼關係呢？即使是現代社會，同為社會團體、政黨，也因其奮鬥目標不同而有進步與反動之分，豈可一概而論？可以說，對「桃園結義」的宗旨和核心價值的誤解乃至歪曲已非一日，這至少是沒有認真讀書所致。但願我的解說能幫助讀者重視羅貫中寫得明明白白的這八個字：「上報國家，下安黎庶」。

歷史早已發生了翻天覆地的變化。當今時代，人際關係應以法治為基礎，產生於小農經濟時代的「結拜」方式已經不再適用了。不過，一個人，一個群體，如果能夠牢記並且真正實踐「上報國家，下安黎庶」的人生目標，仍然是值得尊敬的。

5 「幽州太守」及其他

《三國演義》第一回寫到黃巾起義爆發後，幽州太守劉焉為了對付黃巾軍，急忙出榜招兵。這裡的「幽州太守」一語，是一個典型的「技術性錯誤」。

東漢地方行政區劃為州——郡——縣三級。黃巾起義爆發時，州的行政長官為刺史（後來一部分刺史升格為州牧），郡的行政長官為太守，縣的行政長官為縣令或縣長。幽州既然是州，其行政長官自然應該是「刺史」，但《三國演義》卻用了「太守」這個郡級長官的官名，這就鬧了笑話（歷史上的劉焉並未任過幽州的行政長官）。這種現象，可以叫做「職官混稱」，是《三國演義》有關職官方面的「技術性錯誤」中的一類。類似情況還有：「青州太守龔景」（第一回），應為「青州刺史龔景」；「西涼太守馬騰」（第五回），應為「涼州刺史馬騰」（歷史上的馬騰未任涼州刺史）；「

兗州太守劉岱」（第六回），應為「兗州刺史劉岱」；「徐州太守陶謙」（第十回），應為「徐州刺史陶謙」；「滎陽太守王植」（第二十七回），應為「滎陽令王植」（滎陽係縣，其長官為令，而非太守），等等。

《三國演義》有關職官方面的「技術性錯誤」，另一類是「誤用後代官名」或「隨意杜撰」，即給人物加上東漢三國時期沒有的官名。例如，第十回寫曹操「以（荀攸）為行軍教授」，當時並無「行軍教授」官職（宋代始有「教授」之名，但係學官）；據《三國志・魏書・荀攸傳》，應為「以（荀攸）為軍師」。又如，第二十一回寫參與董承衣帶詔之謀的有「工部侍郎王子服」，當時並無「工部」，自然也無「工部侍郎」官職（隋代始置工部，後代沿置）；據《三國志・蜀書・先主傳》，應為「將軍王子服」。再如，第五十六回寫曹操「封華歆為大理少卿」，當時亦無「大理少卿」官職（北齊始設大理寺，後代沿置，其長官為大理卿，副長官為大理少卿）；據《三國志・魏書・華歆傳》，應為「拜華歆為議郎」。類似情況，還有一些。

《演義》有關職官方面的「技術性錯誤」，最常見的一類是「官爵文字錯訛」，指作者或傳抄者、刊刻者一時不察，將官爵的個別文字弄錯（多為誤用形近字、音近字），或因漏字、增字而造成錯誤。例如：第五回寫袁紹為「祁鄉侯」，據《三國志・魏書・袁紹傳》，應為「邟鄉侯」；第十四回寫曹操封劉備為「征東將軍」，據《三國志・蜀書・先主傳》，應為「鎮東將軍」；

第十六回寫曹操命「奉軍都尉」王則出使徐州，據《三國志・魏書・呂布傳》注引《英雄記》，應為「奉車都尉」；第十八回寫李通「乃鎮威中郎將」，據《三國志・魏書・李通傳》，應為「振威中郎將」；第二十三回寫劉表謀士韓嵩為「從事中郎將」，據《三國志・魏書・劉表傳》，應為「從事中郎」；第五十九回寫張魯為「鎮南中郎將」，據《三國志・魏書・張魯傳》，應為「鎮民中郎將」；第一一七回寫諸葛瞻為「行軍護衛將軍」，據《三國志・蜀書・諸葛亮傳》附〈諸葛瞻傳〉，應為「行都護、衛將軍」，等等。

上述種種「技術性錯誤」，都不是作者有意為之，而是無心之失，甚至是被傳抄者、刊刻者強加給作品的。它們對作品敘述情節、塑造人物毫無益處，理應加以校正。

6 歷史上的呂布用的是方天畫戟嗎？

《三國演義》中呂布使用的「方天畫戟」，可以說是無人不知。溫明園中，他第一次露面，便是「手執方天畫戟」，顯得威風凜凜；虎牢關前，他挺戟出戰，無人可敵；當他被困於下邳，處境艱危時，他仍然吹噓：「吾有畫戟、赤兔馬，誰敢近我！」部將宋憲、魏續背叛他，也是趁他疲憊睡著在椅上，「先盜其畫戟」，然後才用繩索把他緊緊縛在椅上……。總之，方天畫戟簡直成了呂布威力的標誌。

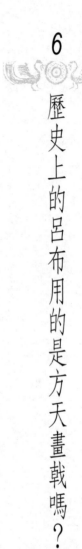

歷史上的呂布真是用的方天畫戟嗎？不是。

在中國兵器史上，戟的使用由來已久。早在商、周時期，人們就將戈、矛兩種兵器合為一體，創造了戟這種新武器，使之兼具勾和刺的功能。戰國到漢代，戟的使用甚廣，成為戰鬥中的主要武器。東漢末到三國時期，用戟作兵器的將領也不少。如曹操部下猛將典韋「好持大雙戟」，另一員大將張遼，在著名的逍遙津之戰中，「被甲持戟，先登陷陣」。不過，那時的戟是在矛頭旁鑄一勾刺，形狀近似「卜」字，與小說中所寫的「方天畫戟」大不相同。「畫戟」是後來才出現的，主要用於門衛和儀仗。也就是說，作為兵器的「方天畫戟」，在呂布馳騁疆場之時根本不存在。

更重要的是，歷史上的呂布並沒有用戟作兵器。《三國志・魏書・呂布傳》及《後漢書・呂布傳》都只有三處提到「戟」字：第一次，「（董）卓性剛而褊，忿不思難，嘗小失意，拔手戟擲（呂）布。」但這裡的「手戟」，顯然只是董卓身邊的擺設，而非呂布的兵器。第二次，袁術遣大將紀靈率三萬大軍到小沛進攻劉備，劉備向呂布求救，呂布親往，約劉備、紀靈同來赴宴，聲稱「不喜合鬥，但喜解鬥」，於是「令門候於營門中舉一隻戟，布言：『諸君觀布射戟小支，一發中者諸君當解去，不中可留決鬥。』布舉弓射戟，正中小支。諸將皆驚，言：『將軍天威也！』」但這裡射的戟，顯然也不是呂布的兵器。第三次，呂布命陳登到許都見曹操，希望朝廷正式任命他為徐州牧，結果曹操「增（陳）珪秩中二千石，拜（陳）登廣陵太守」，呂布的要求卻落了空。陳登回到徐州後，「布怒，拔戟斫几曰：『卿父勸吾協同曹公，絕婚公路；今吾所求無一獲，而卿父子並顯重，為卿所賣耳！』」但這裡的戟大概也是「手戟」之類，同樣不是呂布的兵器。

那麼，歷史上的呂布究竟使用什麼兵器呢？〈呂布傳〉沒有說明，幸好有關史籍留下了寶貴的記載：一是《後漢書‧董卓傳》寫到董卓入宮被刺，「大呼曰：『呂布何在？』布曰：『有詔討賊臣！』……應聲持矛刺卓，趣兵斬之。」這說明呂布用的兵器是矛。二是《三國志‧魏書‧呂布傳》注引《英雄記》，寫李傕、郭汜攻長安時，「郭汜在城北。布開城門，將兵就汜，言：『且卻兵，但身決勝負。』汜、布乃獨共對戰，布以矛刺中汜，汜後騎遂前救汜，汜、布遂各兩罷。」這也證明呂布是以矛為兵器的。

7 諸葛亮究竟躬耕何處？

《三國演義》中的〈三顧茅廬〉是一篇婉曲有致、情韻深長的千古妙文，具有強大的藝術魅力。經過層層渲染，諸葛亮隱居躬耕的地方也成了一塊令人嚮往的人間樂土。

那麼，諸葛亮躬耕之地究竟在何處？

在《演義》第三十六回中，徐庶走馬薦諸葛時，對劉備介紹道：「此間有一奇士，只在襄陽城外二十里隆中。」後面又說：「（諸葛）玄卒，亮與弟諸葛均躬耕於南陽……，所居之地有一岡，名臥龍岡，因自號為『臥龍先生』。」這裡出現了三個地名：一個是「隆中」，它來源於《三國志・蜀書・諸葛亮傳》注引《漢晉春秋》：「亮家於南陽之鄧縣，在襄陽城西二十里，號曰隆中。」另一個是「南陽」，它來源於諸葛亮的〈出師表〉：「臣本布衣，躬耕於南陽。」還有一個是「臥龍岡」，但它並非來源於史籍，而是由於諸葛亮被人稱為「臥龍」，後人便將其隱居之地的山岡叫作「臥龍岡」，這叫「山以人名」；《演義》說先有「臥龍岡」，然後諸葛亮自號「臥龍先生」，恰恰顛倒了因果關係。看來，有歷史依據的地名只有兩個——「隆中」和「南陽」。它們之間的關係，乃是大地名與小地名的關係：「南陽」係郡名，東漢時期是荊州的一個大郡，下轄三十七個縣，治所在宛縣（即宛城，今河南省南陽市）；「隆中」則是一個小地名（估計是鄉邑名），行政上屬於南陽郡鄧縣管轄，而地理位置則在襄陽城西二十里（今湖北省襄樊市城西十三公里）。事實上，《漢晉春秋》那句話，已經將二者的關係說得明明白白。《演義》中徐庶說的前一句話，也明言諸葛亮隱居躬耕之地是「在襄陽城外二十里隆中」。

然而，由於歷史地理的變遷和人們政區概念的變化，後代某些人將東漢時的南陽郡與元代以後的南陽府（治所也在今河南南陽）混為一談，將〈出師表〉中「躬耕於南陽」一語，坐實為諸葛亮躬耕於今天的南陽市，從而將原本清楚的諸葛亮的躬耕地弄得混淆不清，以致形成了「襄陽說」與「南陽說」兩說之爭。《三國演義》的作者在敘述中也有些猶豫不決，在說了諸葛亮躬耕地「只在襄陽城外二十里隆中」之後，又來個「躬耕於南陽」，甚至把躬耕地與籍貫相混淆，讓諸葛亮自稱「吾乃南陽諸葛孔明也」（第五十二回），造成一些不應有的錯誤，使得許多普通讀者感到模糊不清。

▲湖北襄樊隆中書院青年諸葛亮塑像

▲《三國演義》中的〈三顧茅廬〉是一篇婉曲有致、情韻深長的千古妙文，具有強大的藝術魅力。經過層層渲染，諸葛亮隱居躬耕的地方也成了一塊令人嚮往的人間樂土。

要解答這個問題，有兩個關鍵之處。

第一，同一地方，古今名稱可能不同。比如今天的河南南陽市，東漢時名叫宛縣；而東漢時的南陽郡，其轄區比今天的南陽市大得多。反之，同一地名，其實際所指古今也可能不同。比如三國時孫權所置的「武昌」，在今湖北鄂州；而唐代以後的「武昌」，則在今湖北武漢市。遇到這類問題，應當查一下工具書，不應主觀地把古今混為一談。

第二，同一地方，古今的隸屬關係常常會有變化。其實，只要認真理解《漢晉春秋》那句話，我們就可以明白：諸葛亮隱居躬耕之地在隆中，這本身是沒有疑問的。只是隆中的行政隸屬關係古今有所不同：東漢時隸屬南陽郡鄧縣，其具體位置靠近襄陽；今天則隸屬湖北省襄樊市。像這種隸屬關係發生變化的情況，在歷史上可謂數不勝數。例如著名的漢中地區（古漢中郡），東漢三國時均屬於益州；西晉建立後，分益州，置梁州，漢中改屬梁州；經過漫長的歷史變遷，今天的漢中隸屬陝西省。現在的一般讀者把四川略等於東漢三國的益州，這並無大錯；但如果說今天的漢中屬於四川，那就鬧笑話了。同樣，今天一些省之間的若干毗鄰地區，兩千年來，其行政隸屬關係也屢有變化。我們不應以今繩古，自我淆亂。

至於隆中行政上隸屬南陽郡鄧縣，卻靠近襄陽，那就更好理解了。舉個例子：今天四川廣元市北部的某個村，行政上隸屬廣元市（公元一九八五年以前則隸屬綿陽地區）；但在地理位置上，它距廣元市區有六七十公里，距綿陽市區有二百幾十公里，而距陝西寧強縣只有二十公里。我們既不能否定它的行政隸屬關係，也不能否定它離寧強更近的事實。

由此可以得出結論：諸葛亮隱居躬耕之地，就在今天的湖北襄樊市城西十三公里的「古隆中」。

8

「隆中對」究竟對不對？

漢末建安十二年（公元二〇七年），當時依附荊州牧劉表、屯兵新野的劉備三顧茅廬，向年僅二十七歲的諸葛亮請教。諸葛亮提出著名的〈隆中對〉，精闢地分析了天下大勢，為劉備制定了先占荊、益二州，形成三分鼎立之勢，外結孫權，內修政治，待時機成熟，再分兵兩路北伐，攻取中原，以成霸業的戰略方針。在劉備的懇切敦促下，諸葛亮出山輔佐。從此，這條「臥龍」沖天而起，在歷史的舞臺上夭矯騰飛，大展宏圖，而〈隆中對〉也成為劉備集團發展的戰略藍圖。

千百年來，人們對〈隆中對〉給予了很高的評價，認為它正確地預見了政局的基本走向，堪稱劉備集團的最佳發展戰略。年僅二十七歲（虛歲）的諸葛亮能作出如此英明的決策，實在令人驚歎。羅貫中在《三國演義》中便情不自禁地讚頌道：「孔明未出茅廬，已知三分天下，萬古之人不及也！」（嘉靖元年本、周曰校本、李卓吾評本；毛本末句作「真萬古之人不及也！」）

不過，歷代也有人對〈隆中對〉不以為然，有人批評諸葛亮「不能與曹氏爭天下，委棄荊州，退入巴蜀……此策之下者。」然而，這其實是對〈隆中對〉的歪曲。諸葛亮說得很清楚：當時曹操已經統一北方，且有「挾天子而令諸侯」的政治優勢；孫權據有江東（揚州大部），根基已經穩固。在此形勢下，要寄人籬下、勢單力薄的劉備盲目地「與曹氏爭天下」，實屬迂腐之見；劉備首先需要擁有自己的地盤，才能與曹操、孫權鼎足而立，進而聯合孫權，討伐曹操。而綜觀天下版圖，全國十三州，尚未被曹、孫兩家控制者，僅剩荊、益、交三州（張魯割據的漢中本是益州的一個郡）。其中交州遠在荊州、揚州之南，劉備無法奪取（建安十五年，孫權控制了交州），剩下的就只有荊州和益州了。所以諸葛亮向劉備明確提出「兩步走」的戰略：第一步，先奪荊州，再取益州，形成天下三分。第二步，等時機成熟，從荊、益兩州分兵北伐：一路「命一上將將荊州之軍以向宛、洛」，奪取東漢首都洛陽；另一路由劉備親自「率益州之眾出於秦川」，奪取西京長安和整個關中地區。應該說，這是對當時形勢最正確、最可行的判斷。至於何時奪荊州，怎樣奪取，這當然要看機會。三顧茅廬的次年（建安十三年，公元二〇八年），曹操南征，劉表病死，其子劉琮向曹操請降，諸葛亮就勸劉備攻打劉琮，一舉奪取荊州；可惜劉備未能採納，錯過了大好時機；直到赤壁大戰後，劉備才奪得荊州江南四郡。當然，在諸葛亮看來，由於地理環境不同，益州比荊州更適於立國建都。這是總結了漢高祖劉邦以巴、蜀、漢中為根據地，打敗項羽，終成大業的歷史經驗，而且是許多傑出人物的共識。例如龐統後來也曾對劉備提出：「荊州……東有吳孫（指孫權），北有曹氏，鼎足之計，難以得志。今益州國富民強，戶口百萬，四部兵馬，所出必具，寶貨無求於外，今可權藉以定大事。」（《三國志・蜀書・龐統傳》注引《九州春秋》）劉備入蜀時，以龐統隨行輔佐，諸葛亮留鎮荊州；只是當龐統在雒城（今四川廣漢）中流箭而死後，諸葛亮才率兵入蜀增援，而留頭號大將關羽鎮守荊州，可見他對荊州始終是重視的。而作為劉備的股肱之臣，劉備後來稱王稱帝，諸葛亮也必須在其身邊輔佐，只能讓其他得力人員鎮守荊州，這哪裡是要「委棄荊州」呢？

現代有的學者因為〈隆中對〉提出的兩路北伐的目標未能實現，便懷疑諸葛亮的整個戰略規劃行不通；有的學者認為「跨有荊、益」與「結好孫權」這兩大原則之間存在著不可克服的矛盾，只有等孫權奪得荊州，劉蜀方面承認既成事實，才能與孫權重新修好，因而〈隆中對〉的基本國策是錯誤的。我認為，這些看法是片面的。劉備在「三顧茅廬」之前，奮鬥半生而屢遭挫折，此後忠實執行〈隆中對〉，僅僅用了七年時間，即到建安十九年（公元二一四年），便完成了由沒有立足之地到「跨有荊、益」的巨大轉折，形成了三分鼎立局面，實現了第一步戰略目標；建安二十四年（公元二一九年）夏又奪取漢中，其勢力達到鼎盛。這是非常了不起的成就，證明〈隆中對〉完全符合當時的實際。至於第二步戰略目標未能實現，那是由於後來荊州失守，形勢發生了巨大的變化，不能因此認為當初的規劃不對。古今中外，重大的戰略規劃，在執行過程中往往需要隨時調整，甚至發生重大改變，這是稍微熟悉歷史的人都應該懂得的，如果因後來情況的變化而否定當初的設想或規劃，其實是「馬後炮」式的看法。誠然，奪取荊州，全據長江，然後建號帝王以圖天下，乃是孫吳集團的建國方略，這與劉蜀集團的利益確有衝突。但是，這種衝突是可以控制在一定範圍之內的。建安二十年（公元二一五年），孫、劉兩家以湘水為界，中分荊州，已經形成了戰略平衡。這種平衡，既可以維持相當長的時期，也隨時可能被打破，就看三分鼎立的大局如何演變，孫劉雙方如何處置了。如果關羽忠實執行「東和孫權，北拒曹操」的方針，使曹操難以拉攏孫權而偷襲關羽之後；如果關羽善於安撫和激勵部下，使鎮守江陵的麋芳、鎮守公安的士仁（《三國演義》誤作「傅士仁」）忠於職守，不懷二心；如果劉備諸葛亮在關羽北伐襄陽時能夠及時配合和支援，那麼，荊州未必失守。而在劉蜀集團牢牢控制自己那部分荊州的情況下，承認既成事實的就該是孫權了；面對曹操這個強敵，雙方既需要、也完全可能繼續聯手。由此可見，荊州之失係由多種因素導致，絕非命中注定，它恰恰從反面證明了〈隆中對〉戰略構想之正確。

因此，我贊同羅貫中的評價：「孔明未出茅廬，已知三分天下，萬古之人不及也！」

9 「軍師」是什麼官？

在《三國演義》中，諸葛亮出山以後便擔任劉備的軍師，直到章武元年（公元二二一年）劉備稱帝，拜他為丞相為止。在這十幾年裡，每遇戰事，他不僅為劉備出謀劃策，而且直接調兵遣將，用盡神機妙算，立下赫赫戰功。這位精通韜略的諸葛軍師，簡直成了劉備集團的軍事統帥。歷史上的諸葛亮真的當過劉備的軍師嗎？軍師究竟是什麼官？

據《三國志》記載，建安十二年（公元二〇七年），諸葛亮出山以後，雖與劉備關係頗為親密，但所任職務不詳，估計是幕賓之類；次年，赤壁之戰以後，劉備奪得荊州江南四郡，諸葛亮始任軍師中郎將；至建安十九年（公元二一四年），劉備定益州，諸葛亮又升任軍師將軍。總之，諸葛亮從未擔任「軍師」這一職務；而且，在劉備稱帝之前，他大部分的時間是留守後方，足食足兵，從未統管過軍事。

其次，漢末三國時期，「軍師」乃是常見的官職，通常只是高級大臣的屬官，參與軍事謀議，並非統兵大臣。就曹魏方面而言，自建安元年（公元一九六年）起，曾先後設軍師祭酒、中軍師、前軍師、後軍師、左軍師、右軍師等多種名目，均為參謀人員，官階僅為五品，大部分不是獨立帶兵打仗的將領，更不是掌握一國兵權的重臣。蜀漢方面，諸葛亮任丞相期間，也有中軍師、前軍師、後軍師等屬官。其品秩有的從本官，有的僅為五品。東吳方面的情況則有所不同，曾經以三公等大臣兼領軍師之職，如東吳末年，丞相張悌就兼軍師；但在整個東吳歷史上，這種現象並非主流，其歷任主政大臣，仍為丞相或太傅，如同漢末舊制。從總體上看，漢末三國時期，「軍師」大部分不過是三公及常設將軍的軍事幕僚而已。

有趣的是，在《三國演義》中，眾多擔任過「軍師」的三國人物不被提起，而從未當過「軍師」的諸葛亮反而被寫成了「軍師」，其身分、權力都是一人之下，眾人之上，所有將領都必須服從其調遣。羅貫中這樣寫，當然與史不合，但也是有來歷的。元代的《三國志平話》寫到諸葛亮出山時，就說「玄德遂拜諸葛為軍師」，可見宋元以來，通俗文藝早已把諸葛亮寫成了無所不統、無所不能的「軍師」。而由於《三國演義》的廣泛傳播，神機妙算的「軍師」諸葛亮形象更是深入人心；「軍師」一職，也成了明末及清代眾多農民起義軍中僅次於起義領袖的重要職務。

直到太平天國起義時，掌握軍政大權的楊秀清，其頭銜也是「左輔、正軍師、東王」，並以此身分節制諸王，統率全軍。

10 諸葛亮是「愚忠」嗎？

在《三國演義》塑造的眾多人物形象中，諸葛亮無疑是塑造得最為成功，影響最為深遠的一個。可以說，他是全書的真正主角，是維繫全書的靈魂。在他的諸多優秀品格中，最突出的有兩點：一是智慧，二是忠貞。

多年來，一些人談到諸葛亮的「忠」時，每每貶之為「愚忠」。我認為，這是一種片面之見。什麼是「愚忠」？就是對國君個人盲目的、毫無原則、毫無主見、逆來順受，因而是愚昧的「忠」。不管國君善惡如何，行事是非怎樣，一律俯首帖耳，唯唯諾諾，亦步亦趨，不敢有任何懷疑，更不敢有任何違忤；即使國君荒淫殘暴，濫殺無辜，也不敢諫阻指斥；哪怕毫無道理地殺到自己頭上，也只知低頭受戮，還要說什麼「天子聖明，罪臣當誅」的昏話；甚至國君腐朽亡國，仍一味追隨，以死效忠。在漫長的封建專制社會裡，最高統治者為了一己私利，總是不斷地集中權力，不願受到任何制約；同時又總是要求臣民對自己無條件地效忠，鼓勵愚忠。特別是專制主義惡性膨脹的明清兩代，統治者更是以各種手段灌輸愚忠意識，以至愚忠成為一般臣民普遍的道德信條，嚴重地閹割了民族精神，阻礙了社會進步。因此，現代人反對愚忠，批判愚忠，是完全應該的。

然而，任何問題都必須具體分析。儘管封建時代國君通常是國家的象徵和代表，儘管封建統治者竭力提倡愚忠，但千百年來，總有許許多多的志士仁人，信奉孟子「民為貴，社稷次之，君為輕」的民本思想，把對國家、民族的忠誠與對國君個人的盲從加以區分，在不同程度上擺脫愚忠的桎梏：或對國君的惡德劣行予以批評抵制，直言極諫；或勇於為民請命，不顧自身安危得失。即使在君權最霸道的明清兩代，也有一些思想解放者，敢於貶斥和蔑視君權；甚至像黃宗羲那樣，從根本上批判和否定君權。

那麼，《三國演義》中的諸葛亮，是怎樣處理與其君主劉備、劉禪父子的關係呢？認真閱讀作品就可以看到：諸葛亮確實忠於劉蜀集團；但這不是不分青紅皂白的「愚忠」，而是以帝王師的身分，忠於自己的理想和事業，自有其積極意義。

在《三國演義》中，諸葛亮是通過劉備「三顧」之誠和「先生不出，如蒼生何」的含淚懇請，才同意出山的。羅貫中把諸葛亮寫成一開始就是一人之下，萬人之上，大權在握，指揮一切的統帥，竭力突出他在劉蜀集團中的關鍵地位和作用。他既是劉備的主要輔佐，又是劉備的精神導師：「玄德待孔明如師，食則同桌，寢則同榻，終日共論天下之事。」（第三十八回）「玄德自得孔明，以師禮待之。」（第三十九回）他出山不久，曹操大將夏侯惇便率領十萬大軍殺奔新野。在這初出茅廬第一仗中，劉備將指揮權完全交給諸葛亮；諸葛亮胸有成竹，一一調遣眾將，甚至連劉備也要接受他的安排。火燒博望後，諸葛亮在劉蜀集團的指揮權牢不可破，從未受到過質疑。每遇大事，劉備總是對他言聽計從，文武眾官也總是心悅誠服地執行他的命令。赤壁大戰期間，他出使東吳達數月之久，劉備方面積極備戰，一切準備就緒後，仍然要等待他趕回去指揮調度：

且說劉玄德在夏口專候孔明回來……須臾船到，孔明、子龍登岸，玄德大喜。問候畢，孔明曰：「且無暇告訴別事。前者所約軍馬戰船，皆已辦否？」玄德曰：「收拾久矣，只候軍師調用。」孔明便與玄德、劉琦升帳坐定……（第四十九回）

諸葛亮的命令，誰也不能違抗。就連身分特殊的頭號大將關羽，由於違背軍令私放曹操，諸葛亮也要下令將他斬首；只是由於劉備出面說情，希望容許關羽將功贖罪，「孔明方才饒了」（第五十～五十一回）。這些描寫，大大超越了歷史記載，使諸葛亮始終處於劉蜀集團的核心。劉備得到諸葛亮之前屢遭挫折，而得到諸葛亮輔佐之後則節節勝利，兩相對照，讀者不由得深深感到：劉蜀集團的成敗安危，不是繫於劉備，而是繫於諸葛亮。

在劉備面前，諸葛亮總是直抒己見；如劉備言行不當，或正色批評，或直言勸戒，劉備則總是虛心聽從，甚至道歉認錯（惟拒諫伐吳是一例外，但隨後便「吃虧在眼前」，劉備自己也承認：「朕早聽丞相之言，不致今日之敗！」）。在過江招親這類大事上，他乾脆代劉備作主，劉備儘管心存疑慮，也一一照辦。如此舉止，正反映了其「帝王師」心態，哪有一點畏畏縮縮的猥瑣？哪有一點「愚忠」者的卑微？

劉備臨終，慨然託孤於諸葛亮，並遺詔訓誡太子劉禪：「卿與丞相從事，事之如父。」劉禪即位後，謹遵父親遺命，對諸葛亮極為敬重，充分信任，「凡一應朝廷選法、錢糧、詞訟等事，皆聽諸葛丞相裁處。」（第八十五回）此後的十二年間，儘管他早已成年，完全可以自作主張，卻一直把軍政大權都交給諸葛亮，十分放心。諸葛亮治理蜀中，發展經濟，與吳國恢復同盟關係，他總是樂觀其成，從不干預；諸葛亮親自南征，幾度北伐，他總是予以支持，從不掣肘（《三國演義》第一〇〇回寫諸葛亮氣死曹真，打敗司馬懿，後主卻聽信宦官傳奏的流言，下詔宣諸葛亮班師回朝，純屬虛構）。如此放手讓輔政大臣行使職權，不疑心，不搗亂，不橫加干涉，在整個封建時代實不多見。當諸葛亮在五丈原病重時，他派尚書僕射李福前去探望，並諮詢國家大計；諸葛亮推薦蔣琬、費禕為接班人，他又虛心採納，先後任命蔣琬、費禕為執政大臣。當諸葛亮逝世的噩耗傳來，「後主聞言，大哭曰：『天喪我也！』哭倒於龍床之上。」（第一〇五回）諸葛亮的靈柩回到成都，「後主引文武官僚，盡皆掛孝，出城二十里迎接。後主放聲大哭。」（同上）不僅如此，劉禪對諸葛亮始終追思不已。諸葛亮逝世九年之後，他又招其子諸葛瞻為駙馬，後來還下詔為諸葛亮立廟於沔陽（今陝西勉縣定軍山前）。這證明他確實是真心誠意地崇敬諸葛亮。比之許多薄情寡義，功臣一死（甚至還沒死）便翻臉不認人的統治者，這也是非常難得的。諸葛亮呢？也一直恪守「竭股肱之力，盡忠貞之節，繼之以死」的諾言，既是支撐蜀漢政局的擎天棟梁，又是擁有「相父」之尊的劉禪的精神靠山。首次北伐前，他上〈出師表〉，諄諄叮囑劉禪：「誠宜開張聖聽，以光先帝遺德，恢弘志士之氣；不宜妄自菲薄，引喻失義，以塞忠諫之路也。……陛下亦宜自謀，以咨諏善道，察納雅言，深追先帝遺詔。」（第九十一回）而在《演義》虛構的那個劉禪聽信流言，下詔宣諸葛亮班師回朝的情節裡，諸葛亮面見劉禪後，先是戳穿「朕久不見丞相之面，心甚思慕，故特詔回」的託詞，指出：「必有奸臣讒譖，言臣有異志也。」接著不無憤慨地質問：「今若內有奸邪，臣安能討賊乎？」對此，劉禪始則「默然無語」，繼而趕快認錯：「朕因過聽宦官之言，一時召回丞相。今日茅塞方開，悔之不及矣！」最後，「孔明將宦官誅戮，餘皆廢出宮外……拜辭後主，復到漢中……再議出師。」劉禪則恭恭敬敬地完全聽其處置（第一〇一回）。在這裡，劉禪沒有君主的威風和霸道，諸葛亮則有輔臣的自尊和「恨鐵不成鋼」的遺憾，這哪裡像「愚忠」者在君主面前的乞哀告憐呢？

誠然，諸葛亮最終為蜀漢獻出了全部智慧和心血，做到了「鞠躬盡瘁，死而後已」。這裡當然有報答劉備知遇之恩的心願，但決非不問是非的片面忠於劉備父子，其中更有興復漢室，拯救黎庶，重新統一全國的宏圖大志。正因為這樣，千百年來，諸葛亮的忠貞得到了人們普遍的肯定和崇敬。綜觀他與劉備的關係，既有「孤之有孔明，猶魚之有水也」（《三國志・蜀書・諸葛亮傳》）的史實依據，又經過羅貫中的浪漫主義改造，寄託了歷代志向遠大的士大夫對「君臣遇合，誼兼師友」的理想關係和「帝王師」的人格定位的嚮往和追求。這實際上已經包含了對「君尊臣卑」，「君要臣死，臣不得不死」的主奴關係的否定和批判，具有歷史的進步意義。由此可見，「愚忠」二字，是扣不到諸葛亮頭上的。

11 劉備墓在奉節嗎？

二十世紀八十年代以來，奉節縣（白帝城所在地，原屬四川省，現屬重慶市）一些人士屢次撰文，聲稱劉備死後，葬於奉節，而成都武侯祠裡的惠陵僅僅只是「衣冠冢」。儘管這一說法早已被三國史研究界的絕大多數專家所否定，但由於持此論者的反覆宣傳，並借助某些媒體的力量，它仍然在部分群體中造成了一定的疑惑。事實的真相究竟如何呢？

我認為，劉備墓就是成都武侯祠裡的惠陵，這是明明白白的事實。所謂「劉備墓在奉節」，完全是主觀主義的「想當然」的產物。

首先，《三國志・蜀書・先主傳》明確記載：劉備於章武三年（公元二二三年）夏四月癸巳（即四月二十四日）卒於永安（今奉節）後，「五月，梓宮自永安還成都，謚曰昭烈皇帝。秋八月，葬

▲劉備墓史稱「惠陵」，位於四川成都武侯祠內。

▲惠陵前神道

惠陵。」這是蜀漢朝廷要昭告天下的國家大事，也是新繼位的後主劉禪必須辦好的第一件大事，它關乎朝廷威信，十分莊重嚴肅，劉禪和總攬國政的丞相諸葛亮都絕不可能想到要說假話，也毫無隱瞞事實的必要。而且，此事由生於蜀漢後期，熟悉蜀漢史事，後又成為西晉臣子的傑出史學家陳壽寫入《三國志》，他更沒有任何理由隱瞞或歪曲事實。因此，《三國志》的記載是不容置疑的。《三國志・蜀書・二主妃子傳》記穆皇后云：「延熙八年（公元二四五年），后薨，合葬惠陵。」從另一個角度印證了〈先主傳〉記載的可靠性。

其次，按照古代禮制，皇帝的陵墓均置於京城附近；即使君主卒於外地，遺體也要運回陵墓安葬。劉備遺體運回成都，葬於惠陵，正是繼承漢制的體現。如果將他葬於遙遠偏僻、鄰近吳國的永安，不僅違背了帝王的葬制，而且破壞了漢朝「以孝治天下」的傳統，簡直是「亡國之象」，不要說身為嫡長子的劉禪絕不可能如此，就是舉國臣民肯定也無法接受，那才是難以想像的呢！持「奉節」說者最大的「論據」是：劉備卒於陰曆四月，正是夏季，天氣炎熱，而永安（奉節）遠離成都，如果將遺體運回成都安葬，很難保存完好，所以只能就近安葬。這種說法，嚴重地低估了我們的老祖宗在遺體保存方面的高超技術。早在西周時期，古人就已解決了屍體保存的難題；秦漢以來，遺體保存完好者比比皆是，舉世聞名的馬王堆西漢女屍，完整保存至今，就是一個突出的例子。劉備逝世在她之後約四百年，有關技術當又有較大進步，為什麼不能將其遺體完好地運回成都呢？儘管古人保存遺體的具體方法我們尚不清楚，但資料的散失絕不等於這種技術不存在，鐵的事實是誰也無法否認的。所謂「就近安葬」說，沒有任何事實依據，完全是主觀揣測，實在經不起推敲。

持「奉節」說者還有一個「根據」：某地一個劉姓家譜上有劉備葬於奉節的記載。然而，必須看到：這份家譜修於清代，距三國時期已經一千五百年左右，其間經歷了多次的改朝換代和巨大的社會變遷，除了孔子、孟子等極個別特殊家族外，絕大部分家族其實都沒有完整的譜牒記載。現存的家譜，大多修於明清兩代（主要是清代），它們固然有重要的資料價值，但由於家族史的空白和斷檔甚多，而虛誇不實之風盛行，其中確實大量存在攀附名人、添枝加葉甚至胡編亂造的毛病，需要謹慎鑑別，不可盲從。對此，史學家們多有論析。所以，拿這份清代家譜與《三國志》的權威記載相比，其可靠性簡直不值一駁。

總之，「劉備墓在奉節」的說法，不是嚴謹的學術研究的成果，而是主觀臆測的產物，根本站不住腳。

《三國演義》第八十五回寫劉備白帝城托孤後，「先主……駕崩，壽六十三歲。時章武三年夏四月二十四日也。……孔明率眾官奉梓宮還成都……葬先主於惠陵。」這段敘述，與《三國志・蜀書・先主傳》的記載完全吻合，表現了羅貫中尊重基本史實的創作態度。

12 曹魏方面有無「五虎大將」？

《三國演義》第七十三回寫到劉備奪取漢中以後，進位漢中王，「封關羽、張飛、趙雲、馬超、黃忠為五虎大將」。於是有《三國》愛好者寫信來問：曹魏方面有沒有「五虎大將」？這是一個很有趣的問題。

首先需要說明的是，歷史上的東漢三國時期，根本不存在「五虎大將」這樣的官職或稱號。建安二十四年（公元二一九年），劉備奪得漢中，自稱漢中王，立即封賞文武群臣，拜關羽為前將軍，假節鉞（此前為蕩寇將軍、漢壽亭侯）；張飛為右將軍，假節（此前為征虜將軍、新亭侯）；馬超為左將軍，假節（此前為平西將軍、都亭侯）；黃忠為後將軍，賜爵關內侯（此前為征西將軍）；唯趙雲未陞官爵，仍為翊軍將軍。五位大將的身分等級並不一致，其中關羽、張飛、馬超基本為一個等級，黃忠地位略次，趙雲則明顯差了一截（前後左右將軍係常設將軍，其下為征東、征西、鎮東、鎮西等將軍，翊軍將軍則係地位更低的「雜號將軍」）。但《三國志・蜀書》中將關羽、張飛、馬超、黃忠、趙雲五人合為一傳（《三國志》卷三十六），緊接在〈諸葛亮傳〉之後，表明他們都是劉蜀集團的重要將領，同為蜀漢的開國元勳。

宋元以來的通俗文藝家在講唱三國故事時，歷來以劉蜀集團的英雄為中心，大概是受到《三國志・蜀書・關張馬黃趙傳》的啟示，他們按照自己的習慣，把這五位大將視為「五虎將」。元代的《三國志平話》卷下就有一節題為〈皇叔封五虎將〉，說「關公封壽亭侯，張飛封西長侯、馬超封定遠侯，黃忠封定亂侯，趙雲封立國侯」。到了《三國演義》，羅貫中超越史書記載，樹立起趙雲勇冠三軍的虎將形象，提高了他在劉蜀集團中的地位，把他排在馬超、黃忠的前面。於是，《演義》中的「五虎大將」便成了「關張趙馬黃」，並從此廣泛傳播開來。

不過，只要認真辨析一下，就可以看出，在《三國演義》中，「五虎大將」並非正式官銜，而是一種美稱。你看，第七十三回中費詩剛對關羽說劉備封他為「五虎大將」之首，緊接著劉備就派使者前來，「拜雲長為前將軍，假節鉞，都督荊襄九郡事」；劉備稱帝以後，張飛陞遷為車騎將軍，馬超陞遷為驃騎將軍（第八十一回），但繼張飛被刺後，第八十三回寫到黃忠因箭傷而死（歷史上的黃忠死於劉備伐吳之前一年，即二〇年），劉備嘆曰：「五虎大將，已亡三人。」由此可見，「五虎大將」只是一種榮譽性的稱號。

至於曹魏方面，歷史上當然沒有「五虎大將」之稱。不過，既然《三國演義》寫了劉蜀方面有「五虎大將」，讀者猜想猛將如雲的曹魏方面也應該有「五虎大將」，便是一種並非奇怪的聯想了。那麼，曹魏方面哪些人夠得上「五虎大將」的資格呢？《三國演義》沒有說，只好由讀者自己來評選。這就需要明確評選的標準：能夠入選「五虎大將」者，必須是曹魏集團中地位和功業都比較突出，足以獨當一面的重要將領。像典韋、許褚這兩員猛將，雖然武藝過人，但主要是擔任曹操的貼身護衛，基本上沒有統兵打仗，更未鎮守方面，便不應入選。正好，《三國志・魏書》中有一篇〈張樂于張徐傳〉，將張遼、樂進、于禁、張郃、徐晃這五員大將合為一傳（《三國志》卷十七）。這情形，似乎與《蜀書》中的〈關張馬黃趙傳〉相當。其中的〈于禁傳〉說：「是時，禁與張遼、樂進、張郃、徐晃俱為名將」；合傳的末尾又「評曰：太祖建茲武功，而時之良將，五子為先。」看來，他們有資格稱為曹魏的「五虎大將」了。然而，在《三國演義》中，樂進的地位與李典相近，其功業不夠突出；于禁戰敗而降，向關羽乞哀告憐，可謂晚節不保：他們似乎不應與張遼、張郃、徐晃三人並列。另一方面，與曹操有宗族關係的夏侯氏、曹氏諸將中，夏侯惇一直極受倚重，總是獨當一面；夏侯淵多年鎮守關西，戰功赫赫，位在張郃、徐晃之上：他們兩人大概可以取代樂進、于禁，與張遼、張郃、徐晃合稱「五虎大將」。此外，曹仁先後鎮守南郡、襄陽，勇猛善戰，功業與夏侯淵不相上下，好像也有資格入選「五虎大將」。由於夏侯惇、夏侯淵、曹仁的特殊身分，他們的生平業績均被載入《魏書・諸夏侯曹傳》（《三國志》卷九），置於〈張樂于張徐傳〉之前。這是陳壽為了記事方便而作的安排（史家體例），並不代表各人功業的高低。如果要評選「五虎大將」，就應把他們放在一起進行綜合評比。這樣一來，很可能就是仁者見仁，智者見智了。

看樣子，要為曹魏方面評選出「五虎大將」，並不容易，這實際上是一次小小的三國知識競賽。讀者諸君，不妨一試。

13 三國將軍知多少？

人們談論三國人物時，往往憑藉粗略印象，認為某某是「文官」，某某是「武將」。如果僅就一個人是否出身行伍，武藝嫺熟，是否親自上陣廝殺而論，這樣劃分大致說得過去；而如果就其是否擔任軍職而論，事情就不那麼簡單了。因為，人們心目中的許多「文官」，當時都擔任過中郎將、將軍等軍職，其中大多數都曾親自率兵作戰，與通常所說的「武將」難以截然分開。試看——

劉蜀集團方面。諸葛亮顯然是「文官」，但在擔任丞相之前，卻歷任軍師中郎將、軍師將軍；龐統也是「文官」，但其歸附劉備後的最高職務則是「與（諸葛）亮並為軍師中郎將」（《三國志・蜀書・龐統傳》）；法正也是「文官」，但歸附劉備後，始為蜀郡太守、揚武將軍，後任尚書令、護軍將軍，都是兼管軍政；麋竺、孫乾、簡雍、伊籍這幾位長期追隨劉備的「文官」，曾分別任安漢將軍、秉忠將軍、昭德將軍、昭文將軍；諸葛亮培養的接班人蔣琬、費禕，在人們心目中都是「文官」，而蔣琬先後以大將軍、大司馬身分執政，乃是最高的軍職，費禕也官至大將軍……

曹魏集團方面。程昱本是「文官」，卻歷任東中郎將、振威將軍、奮武將軍；蔣濟原係「文官」，卻曾任東中郎將、護軍將軍、領軍將軍；劉放、孫資長期掌管祕書、中書，是典型的「文官」，卻分別官至驃騎將軍、衛將軍；陳群也是「文官」，卻曾任鎮軍大將軍；滿寵出身文官，而從建安十三年（公元二〇八年）起，歷任行奮威將軍（按：行，代理）、揚武將軍、伏波將軍、前將軍、征東將軍，直至景初二年（公元二三八年）因年老被徵入朝為太尉，率兵達三十年；至於司馬懿，早年曾任丞相文學掾、黃門侍郎、議郎、太子中庶子，也是「文官」，後來卻歷任撫軍大將軍、驃騎將軍、大將軍、太尉，成了魏國的最高統帥……

孫吳集團方面。張昭乃文官之首，但初歸孫策，即為長史、撫軍中郎將，孫權繼位後又先後任綏遠將軍、輔吳將軍；諸葛瑾恂恂長者，本是典型的「文官」，卻歷任綏南將軍、左將軍，官至大將軍；步騭始為孫權主記，也是「文官」，後來卻歷任立武中郎將、征南中郎將、平戎將軍、右將軍、驃騎將軍；陸遜以文官出仕，常常自稱「書生」，後來卻歷任偏將軍、鎮西將軍、大都督、輔國將軍、上大將軍，取得了多次重大戰役的勝利，成為一個真正的常勝將軍……

如此看來，三國時期的將軍真是不勝枚舉，一般讀者確實很難弄清。

據《後漢書・百官志》，東漢時期，「將軍，不常置。……掌征伐背叛。比公者四：第一大將軍，次驃騎將軍，次車騎將軍，次衛將軍。又有前、後、左、右將軍。……明帝初置度遼將軍，以衛南單于眾新降有二心者，後數有不安，遂為常守。」這就是說，在東漢的一般情況下，經常設置的將軍只有這樣九個。其中大將軍、驃騎將軍、車騎將軍、衛將軍地位相當於三公（大將軍常居三公之上，其餘三者位於三公之下），前、後、左、右將軍相當於九卿，度遼將軍則相當於太守。

到了漢末三國時期，由於國家分裂，由群雄並立走向三分鼎立，再走向爭相統一天下，戰爭十分頻繁，軍事上的勝負成為關係一個集團、一個政權興亡的最重要的事情，帶兵的人越來多，原有的將軍名號遠遠不能滿足需要。於是，各種各樣的將軍不斷產生出來：有位居朝廷中樞的，如中軍大將軍、上軍大將軍、鎮軍大將軍、撫軍大將軍；有負責征討和鎮守四方的，如「四征」（征東、征南、征西、征北）將軍、「四鎮」（鎮東、鎮南、鎮西、鎮北）將軍、「四安」（安東、安南、安西、安北）將軍、「四平」（平東、平南、平西、平北）將軍；有率領一軍征戰殺伐的，如征虜將軍、安遠將軍、平寇將軍、冠軍將軍、驍騎將軍、游擊將軍、振威將軍、奮威將軍、奮武將軍、揚威將軍、揚武將軍、虎威將軍、蕩寇將軍、討逆將軍、討寇將軍、討虜將軍等等；有處於輔助地位的，如牙門將軍、偏將軍、裨將軍；此外，還有掌握禁兵的領軍將軍、護軍將軍、武衛將軍，還有許多「雜號將軍」，以及沒有名號的將軍……在這種情況下，出身行伍，武藝嫻熟的武將們固然大顯身手，紛紛當上了將軍；原本熟讀經史，以治國平天下為理想的文人們也不得不積極投入軍事鬥爭，其中一部分充當參謀策士，仍算「文官」；一部分則親自率兵征戰，成為不同等級的將軍，甚至成為某一集團的最高統帥（如曹操、諸葛亮、司馬懿、陸遜），已經很難視為單純的「文官」了。

不僅如此，左中郎將、右中郎將、五官中郎將等本是中郎的主管，隸屬光祿勳，職責為守衛宮廷、侍從皇帝，屬於文官，並不統兵打仗。到了漢末，由於鎮壓黃巾軍的需要，出現了一批率軍征伐的中郎將。如劉備的老師、漢末大儒盧植就曾以北中郎將身分，抵禦黃巾軍領袖張角；皇甫嵩、朱儁分別以左、右中郎將身分，董卓以東中郎將身分，與黃巾軍作戰。到了群雄割據乃至三國時期，帶兵打仗的中郎將便不可勝數了。人們熟悉的勇將，許褚曾任武衛中郎將，太史慈曾任折衝中郎將，黃蓋曾任武鋒中郎將，凌統曾任蕩寇中郎將，劉封曾任副軍中郎將；而人們心目中的「文官」，董和曾任掌軍中郎將，呂範曾任征虜中郎將，潘濬曾任輔軍中郎將，張溫曾任輔義中郎將……

其實，在東漢王朝開創時期，也有類似情況。以開國功臣「雲台二十八將」為例，其中既有傳統意義上的武將，也有不少「文官」出身者。為首的鄧禹本係書生，卻官拜右將軍，率領大軍進兵關中；賈複少好學，習《尚書》，初為縣掾，投奔劉秀後卻歷任偏將軍、都護將軍、左將軍；耿弇少學《詩》、《禮》，後官至建威大將軍；馮異也出身諸生，後歷任偏將軍、征西大將軍；岑彭始為縣令，乃是文官，後來卻官至征南大將軍；祭遵少好經書，後來歷任偏將軍、征虜將軍；景丹少學長安，以言語被舉為官，後來卻以偏將軍從劉秀征戰，官至驃騎大將軍……在軍事鬥爭壓倒一切的時候，這毫不奇怪。

總之，凡是改朝換代之時，分裂割據之際，將軍就會比和平年代多出許多倍，文人而為將軍者也就比比皆是。這是一個規律性的歷史現象。

14「荊州」的演變

在《三國演義》中，作者花費筆墨最多，最引人注目的地名，無疑要算荊州了。然而，正是在有關荊州的情節中，地理錯誤也最為突出。

這裡，有必要簡單介紹一下東漢末年荊州的基本情況。

東漢荊州原轄七郡：南陽郡、南郡、江夏郡、零陵郡、桂陽郡、武陵郡、長沙郡。東漢末年，從南陽郡、南郡分出部分縣，設置襄陽、章陵二郡，於是荊州共轄九郡，這就是後世稱「荊襄九郡」的由來。不過，由於整個地盤實際未變，而且章陵郡設置時間很短，《後漢書・郡國志》仍記荊州轄七郡。建安十三年（公元二〇八年）赤壁之戰後，曹、劉、孫三家共分荊州：曹操佔據南陽郡和南郡、江夏郡的一部分，劉備佔據長江以南的零陵、桂陽、武陵、長沙四郡，孫權則佔

◀在《三國演義》中，作者花費筆墨最多，最引人注目的地名，無疑要算荊州了。

▼荊州原名江陵，係南郡、荊州治所，自古為兵家必爭之地。

據南郡、江夏郡的另一部分。建安十四年（公元二〇九年），周瑜打敗曹操大將曹仁，佔據整個南郡。次年（公元二一〇年），周瑜死後，孫權納魯肅之議，把自己所據部分「借」給劉備，於是劉備領有荊州絕大部分地盤。建安十九年（公元二一四年），劉備定益州；次年，孫權索還荊州，雙方以湘水為界，江夏、長沙、桂陽三郡屬孫權，南郡、武陵、零陵三郡屬劉備（由關羽鎮守）。建安二十四年（公元二一九年），孫權遣呂蒙襲取南郡等地，關羽被擒殺，從此荊州絕大部分地盤歸於孫權，劉備僅有益州之地。

需要特別說明的是，荊州治所原在漢壽（今湖南漢壽縣北）；初平元年（公元一九〇年），劉表為荊州刺史後，移治襄陽（今湖北襄樊）；建安十四年（公元二〇九年），劉備領荊州牧，駐公安（今湖北公安西北），「借荊州」後，又移治江陵（今湖北荊州市）；關羽鎮守荊州，仍以江陵為駐所。在劉備集團控制下，江陵既是荊州治所，又是南郡治所。

羅貫中圍繞荊州的爭奪，編織了「馬躍檀溪」、「三顧茅廬」、「火燒博望」、「單騎救主」、「赤壁大戰」、「三氣周瑜」、「鳳雛理事」、「截江奪阿斗」、「白衣渡江」、「敗走麥城」等一系列生動奇妙的情節，使之成為全書最膾炙人口的部分。但是，我在有關文章中指出的幾種地理錯誤，在這一部分差不多都有表現；特別是由於他對荊州治所究竟在何處模糊不清，並常常把荊州轄境與荊州治所混為一談，因而造成比較嚴重的淆亂。這在一定程度上損害了作品的藝術價值。

例如：第三十四回有「九郡四十二州官員」一語，屬於典型的「政區概念錯誤」（漢末三國時期，基本的地方行政區劃為州郡縣三級，郡下轄縣）；第十七回有「操引軍趕至南陽城下」，屬於「大小地名混淆」（漢末南陽係郡名，而非具體城名，故「南陽城下」不通）；第五十七回有「此去東北一百三十里，有一縣名耒陽縣」一語，屬於「方位錯亂」（此時劉備駐江陵，耒陽在其東南約一千里）；第三十九回有「遂棄江夏，望荊州而走」一語，屬於把荊州轄區與荊州治所混為一談（江夏本屬荊州，「望荊州而走」不通，應是往州治襄陽）。

同樣，由於作者老是把荊州、南郡、江陵這三個地理概念混淆不清，第七十五回寫呂蒙襲取荊州時，也出現了明顯的錯誤。史實是：呂蒙逆長江而上，奇襲關羽所置「江邊屯候」（沿江偵視警戒的部隊）之後，直趨公安，招降守將士仁（《演義》誤作「傅士仁」）；隨即又進逼荊州治所江陵，麋芳亦降（麋芳以南郡太守身分駐江陵）。而《演義》卻寫成呂蒙巧奪烽火台後，首先襲取「荊州」，然後到公安招降士仁，再由士仁往南郡說降麋芳。那麼，這個「荊州」在哪兒？它與公安、江陵的方位關係如何？作者根本無法回答。於是，這一部分地理描寫便被攪成了一筆糊塗賬。

由此可見，對於《三國演義》中大量存在的地理錯誤，必須以科學的方法加以校理。

15 東漢三國時有沒有「西川」？

《三國演義》中多次出現「西川」這個地名。如第五回寫呂布「體掛西川紅錦百花袍」；第三十八回寫諸葛亮隆中對策，又有「西川五十四州」一語。由於《三國演義》和據之改編的戲曲、曲藝的廣泛傳播，「西川」、「西川五十四州」等說法早已為人們所熟悉，很多人又把「西川」等同於今天的四川。然而，這樣的說法和認識卻是不正確的。

首先應當指出，東漢三國時並無「西川」這個地名。東漢全國分為十三個州部（司隸校尉部統轄京畿七郡，相當於一州），其中，西南地區設置益州，其轄境包括十二個郡、國，共一百一十八個縣，相當於今天的四川、雲南、貴州三省的大部、陝西的漢中地區以及甘肅、湖北的一小部分。到了三國時期，益州屬於蜀漢政區，其轄境沒有太大的變化，只是郡縣的設置有所改變。所謂「

西川」，作為行政區劃名，始於唐代，至德二年（公元七五七年），將原劍南節度使分為劍南東川節度使和劍南西川節度使，劍南東川簡稱「東川」，劍南西川則簡稱「西川」。到了宋代，又設置西川路。從此，「西川」一詞便為人們所熟知。中國的「說話」藝術正是從宋代開始發達起來的，宋、元以來的「說話」藝人習慣了這一地名，並在不知不覺中把它用於三國題材的創作，元代的《三國志平話》中就多次出現「西川」一詞。羅貫中在《三國演義》中沿用這一地名，也並不奇怪。但是，用唐宋地名來取代東漢三國政區，甚至讓書中的東漢三國人物使用唐宋地名，畢竟是錯誤的。

在《三國演義》中，「西川」一詞在大部分情況下指整個益州；有時則與「東川」對舉，指益州西部地區。二者都不正確，而前者錯誤尤甚。唐宋的「西川」僅僅相當於今天的四川中西部的一部分，比東漢三國的益州小得多，怎能把它同益州混為一談呢？

至於「西川五十四州」，更是大錯特錯。這裡的「西川」當作「益州」，但東漢總共只有十三州，三國總共也只有十七州（其中魏、吳各置荊州、揚州，實際只有十五州），益州僅為其中之一，怎麼可能包括「五十四州」？其所以出現這樣的嚴重錯誤，是因為隋唐以後，州的地位越來越低：唐代的州屬節度使管轄，如劍南節度使就統領二十五州；宋代的州位居「路」之下，如西川路就統領十餘州。宋、元以來的通俗文藝作者把唐宋的州混同於東漢三國的州，每每致誤，所謂「

西川五十四州」便是非常典型的一例。據《後漢書・郡國志》，「五十四州」當作

「五十四縣」，指作為益州主體部分的漢中、巴郡、廣漢、蜀郡、犍為五郡所轄縣的總數（益州其他郡、國係少數民族聚居區）。

像「西川」、「西川五十四州」這樣的誤用後代地名、政區概念錯誤的問題，在《三國演義》中還有不少，理應採取適當的方法，予以校正。

16 「六郡八十一州」之說對不對？

《三國演義》寫到東吳時，經常用「六郡八十一州」來概指其地盤，這是一個典型的地理錯誤。

我們在前面已經談到，東漢三國的地方行政區劃為州——郡——縣三級，東漢全國共十三州，三國共有十七州（其中魏、吳各置荊州、揚州，實際只有十五州）。因此，「六郡八十一州」的說法是完全錯誤的。

東吳政權創業於孫策。他先是佔據了屬於揚州的吳郡、丹陽、會稽、豫章四郡，從豫章郡分置廬陵郡，然後又奪取了廬江郡（亦屬揚州），是為六郡。這六郡當中，廬江郡在長江以西，其他五郡均在長江以東，而由於孫氏政權的統治中心先後在吳縣（今江蘇蘇州）、京城（今江蘇鎮江）、建業（今江蘇南京），均在江東地區，因而有「江東六郡」之說。孫策死後，孫權繼位，其地盤就是這六郡。

據《後漢書・郡國志》，這六郡共轄七十八縣；孫權繼位以後，又新置五縣，於是總數為八十三縣。因此，「六郡八十一州」當作「六郡八十三縣」。

應當說明，「六郡八十三縣」只是孫權在位初期的情況。隨著形勢的發展，孫權不斷設置新的郡縣。例如：建安十三年（公元二〇八年）設置新都郡，建安十五年（公元二一〇年）又設置鄱陽郡。而且，孫權的地盤也逐步擴大：赤壁大戰之後，佔據荊州部分地區；建安十五年，開始控制交州；建安二十四年（公元二一九年），擒殺關羽，奪得荊州絕大部分地區（南陽、襄陽等地被曹操控制）。到了這個時候，孫權統治的區域就是荊、揚、交三州，共轄二百餘縣。《三國演義》第八十二回寫東吳使臣趙咨去見魏文帝曹丕時，說孫權「據三江虎視天下」，此語出自《三國志・吳書・吳主傳》，當作「據三州虎視天下」。至吳主孫休永安七年（公元二六四年），又分交州置廣州，這樣，吳國的地盤就變成了四個州。至於郡縣的設置，則屢有變化。到吳國滅亡時，總共統轄四州，四十三郡，三百一十三縣。

《三國演義》為了敘事的方便，不去一一交代東吳地盤的變化和州郡的分割設置，以免過於繁瑣，這是有道理的。但像「六郡八十一州」這樣嚴重的地理錯誤，卻並非出自作品藝術描寫的需要，而是「技術性錯誤」。不管產生這類錯誤的原因是作者歷史地理知識不足，還是傳抄、刊刻之誤，它們都只能造成政區概念的混亂，損害作品的審美效果，所以，應當予以校正。

17

《三國演義》的語言藝術

就語言藝術而言，《三國演義》的語言簡潔明快，精煉準確，生動流暢。全書用半文半白的語言寫成，庸愚子（蔣大器）在〈三國志通俗演義序〉中稱讚它「文不甚深，言不甚俗」，既不像正史那樣「理微義奧」，「不通乎眾人」，又不像《三國志平話》之類講史那樣「言辭鄙謬，又失之於野」，而是雅俗共賞，「人人得而知之」。這種「文不甚深，言不甚俗」的語言風格，歷來為人稱道。過去，有的文學史著作認為《三國演義》的這種語言風格不如《水滸傳》、《紅樓夢》全用白話那樣通俗，那樣富於表現力。這種意見自然有其合理的一面；但是，應當看到，羅貫中採用這種半文半白的語言，並非著意好古，而是有內在原因的。首先，因為羅貫中寫的是距他一千多年前的歷史題材，而書中人物又多是統治階級的上、中層人士，為了給讀者造成一種歷史感，並且吻合人物的身分，他採用這種與當時的口語有一定差距的語言風格確實是有道理的。其次，由於《三國演義》引用了不少歷史文獻，包括漢末三國時期的詔、策、令、問對、書表等，都是文言材料，如果作品的敘事語言和對話語言都用白話，這兩種語言成分生硬湊在一起，就會顯得很不協調；而使用半文半白的語言，則可以使全書的敘事語言、對話語言與引用的古代文獻容易銜接，融為一體。例如，第三十八回〈定三分隆中決策〉，寫劉備見到諸葛亮後，諸葛亮向劉備分析天下大勢和劉備應當採取的戰略方針：二人敘禮畢，分賓主而坐，童子獻茶。茶罷，孔明曰：「昨觀書意，足見將軍憂民憂國之心；但恨亮年幼才疏，有誤下問。」玄德曰：「司馬德操之言，徐元直之語，豈虛談哉？望先生不棄鄙賤，曲賜教誨。」孔明曰：「德操、元直，世之高士。亮乃一耕夫耳，安敢談天下事？二公謬舉矣。將軍奈何舍美玉而求頑石乎？」玄德曰：「大丈夫抱經世奇才，豈可空老於林泉之下？願先生以天下蒼生為念，開備愚魯而賜教。」孔明笑曰：「願聞將軍之志。」玄德屏人促席而告曰：「漢室傾頹，奸臣竊命，備不量力，欲伸大義於天下，而智術淺短，迄無所就。惟先生開其愚而拯其厄，實為萬幸！」孔明曰：「自董卓造逆以來，天下豪傑並起。……誠如是，則大業可成，漢室可興矣。此亮所以為將軍謀者也。惟將軍圖之。」……玄德聞言，避席拱手謝曰：「先生之言，頓開茅塞，使備如撥雲霧而睹青天。……」從「自董卓造逆以來」到「則大業可成，漢室可興矣」，這一大段分析，即歷史上有名的〈隆中對〉，基本錄自《三國志・蜀書・諸葛亮傳》（個別文字有出入），屬於歷史文獻。但在小說中，它與作者的敘事語言、人物的對話語言很自然地銜接在一起，達到了水乳交融的境界。由此可見，羅貫中使用半文半白的語言，既是合理的，也是成功的。

從作品的實際來看，這種半文半白的語言的表現力是很強的。

寫人，擅長運用白描手法，以簡練的語言，把人物的神態舉止寫得鮮明而生動。寫人物的外貌，則抓住其主要特徵，往往三言兩語，就使人物神情畢肖，活脫如見。如寫張飛：「身長八尺，豹頭環眼，燕頷虎鬚，聲若巨雷，勢如奔馬。」（第一回）僅僅二十個字，「莽張飛」的威猛形象便矗立在讀者面前。寫人物的語言行動，則緊扣特定的環境，寫出其性格特色。如第一〇四回寫諸葛亮臨終前最後一次巡視軍營：孔明強支病體，令左右扶上小車，出寨遍觀各營。自覺秋風吹面，徹骨生寒，乃長嘆曰：「再不能臨陣討賊矣！悠悠蒼天，曷此其極！」這裡的「自覺秋風吹面，徹骨生寒」，寥寥十個字，融入了這位生命垂危的蓋世英雄多少複雜的情思！而那一聲「長嘆」，又把他為國盡忠的高度責任感和壯志難酬的悲憤表現得淋漓盡致。

敘事，善於抓住事件的關鍵和矛盾的主要方面，以簡約明快的語言，把事件寫得靈動多變，極富吸引力。如第五回寫關羽溫酒斬華雄：言未畢，階下一人大呼出曰：「小將願往斬華雄頭，獻於帳下！」眾視之，見其人身長九尺，髯長二尺，丹鳳眼，臥蠶眉，面如重棗，聲如巨鐘，立於帳前。（袁）紹問何人。公孫瓚曰：「此劉玄德之弟關羽也。」紹問現居何職。瓚曰：「跟隨劉玄德充馬弓手。」帳上袁術大喝曰：「汝欺吾眾諸侯無大將耶？量一弓手，安敢亂言！與我打出！」曹操急止之曰：「公路息怒。此人既出大言，必有勇略；試教出馬，如其不勝，責之未遲。」袁紹曰：「使一弓手出戰，必被華雄所笑。」操曰：「此人儀表不俗，華雄安知他是弓手？」關公曰：「如不勝，請斬某頭。」操教釃熱酒一杯，與關公飲了上馬。關公曰：「酒且斟下，某去便來。」出帳提刀，飛身上馬。眾諸侯聽得關外鼓聲大振，喊聲大舉，如天摧地塌，岳撼山崩，眾皆失驚。正欲探聽，鸞鈴響處，馬到中軍，雲長提華雄之頭，擲於地上。其酒尚溫。短短三百餘字（若不算標點，僅有二百七十九字），虛實結合，正反映襯，並通過一杯酒以小見大，把關羽斬華雄這一情節寫得跳盪激越，把關羽的自尊、自信、神勇表現得光彩照人，而袁紹的囿於禮俗、袁術的輕狂驕橫、曹操的慧眼識人，也都如在目前。真是以少勝多的絕妙篇章！

　　這種半文半白的語言，固然以淺近文言為主，但也時有變化。比如張飛的語言，就較多白話成分和市井色彩。像第十六回寫張飛搶了呂布部將買的三百匹好馬，呂布怒而率兵攻打小沛，二人有這樣幾句對話：張飛挺槍出馬曰：「是我奪了你好馬！你今待怎麼？」布罵曰：「環眼賊！你累次渺視我！」飛曰：「我奪你馬你便惱，你奪我哥哥的徐州便不說了！」張飛的兩句話，均為通俗的口語，直率天真，較好地表現了人物的性格。讀者看了，不禁會發出會心的微笑。

18 《三國演義》與戲曲

我國戲曲界一直有著這樣一句老話：「唐三千，宋八百，演不完的是三國。」確實，《三國演義》同我國戲曲發展的關係是源遠流長，互相促進，十分密切的。

我國戲曲從萌芽到成熟，始終把三國故事當作重要的題材來源。據元末陶宗儀《輟耕錄》記載，金代院本中已有三國戲《赤壁鏖兵》、《刺董卓》、《蔡伯喈》、《襄陽會》、《大劉備》、《罵呂布》等幾種。顯然這還不是金代三國戲的全部。元代是雜劇的繁榮時期，據《錄鬼簿》、《錄鬼簿續編》、《涵虛子》、《太和正音譜》、《元曲選》、《元曲選外編》等書記載，在現存的七百多種元雜劇劇目中，三國題材的劇目就有五十多種，其中，以諸葛亮、關羽、張飛、劉備等蜀漢方面的英雄人物為主角的有三十多種。在宋元南戲中，三國戲也不少，今天知道名目的就有十幾種，如《周小郎月夜戲小喬》、《關大王獨赴單刀會》、《貂蟬女》、《劉先主跳檀溪》等。分析這些劇目，可以看到，它們的基本思想傾向都是擁劉漢而貶孫、曹，歌頌劉備的寬厚仁德和深得民心，讚揚劉備集團的文臣武將的機智和武勇。在藝術上，則已不拘泥於史實，較多民間傳說和劇作家虛構的成分；就人物形象的生動性和情節的豐富性而言，比當時流行在民間的話本《三國志平話》還更為成熟。這些戲曲在舞台上反覆搬演，在人民中廣泛流傳。進一步擴大了三國故事的影響。同時，對於後來長篇小說《三國演義》擁劉反曹傾向的形成，以及書中一系列栩栩如生的人物形象的塑造，無疑起了很大的作用。

元末明初的羅貫中正是廣泛吸取了各方面包括一大批「三國戲」的藝術營養，經過巨大的藝術再創造，建造起《三國演義》這樣一座雄偉壯麗的藝術殿堂，其成就，又遠遠超過了《三國志平話》和金、元三國戲，並反過來推動「三國戲」的進一步發展。明清傳奇、雜劇中都有不少三國戲，其中相當一部分是根據《三國演義》編寫的。清代康、雍、乾時期，隨著《三國演義》的廣泛傳播，被稱為「花部」的地方戲曲大量搬演《演義》的情節。如乾隆年間的著名徽班春台班，演出的三國戲就將近四十種，包括《溫明園》、《濮陽城》、《長坂坡》、《群英會》、《天水關》、《罵王朗》、《失街亭》等。到了近代，京劇和各種地方劇紛紛定型，各擅其長，而它們的劇目中都有大量的三國戲。據初步統計，京劇中的三國戲至少在一百五十齣以上，使《

三國演義》的大部分情節都在戲曲舞台上得到了生動的再現。當然，京劇藝術家們決不滿足於機械地照搬《三國演義》，而是充分發揮戲曲的特長，提煉渲染，為這些情節增添了更多的下層人民的思想感情和生活氣息，增添了細節的豐富性和生動性。許多京劇藝術家都因演出三國戲成功而獲得崇高的聲譽，如程長庚、盧勝奎、徐小香、楊月樓、貴潤甫、錢寶峰就分別獲得「活魯肅」、「活孔明」、「活周瑜」、「活趙雲」、「活曹操」、「活張飛」的美稱。同樣，川劇中的三國戲也十分豐富，據初步統計，總數大約也有一百五十齣之多，這是其他題材的劇目所難於比擬的。這些劇目，一半以上和京劇或其他地方劇種相同，這不僅由於它們都本於《三國演義》，而且是各個劇種彼此借鑑，互相吸收的一個明證；同時，也有許多劇目顯然是川劇藝術家們獨力創作的，是川劇獨有的。即使是那些與其他劇種同名的三國戲，在表演程式、藝術風格等方面，也都有著濃郁的「川味」。長期以來，「三國戲」一直是川劇的重要組成部分，深受四川廣大群眾的喜愛。

戲曲促成了《三國演義》的產生，《三國演義》又推動了戲曲的發展。幾百年來，《三國演義》和三國戲並行不悖，相得益彰，家喻戶曉，歷久不衰。它們猶如璀璨的藝術明珠，在中華民族文化史上大放光彩，對中國人民的精神生活發生了巨大的影響。

19 《聊齋》中的三國題材作品

說到清代作家蒲松齡的不朽傑作《聊齋志異》，人們談論較多的，主要是那些揭露社會黑暗、批判科舉制度、表現進步的愛情婚姻觀的作品。其實，《聊齋》的內容十分廣泛，在這幾類作品之外，蒲松齡還寫了多種題材的作品，其中就有三篇三國題材的作品：〈曹操冢〉、〈甄后〉、〈桓侯〉。

〈曹操冢〉講述的是：許城外有一條河，波濤洶湧，附近有一山崖，顏色深暗。盛夏時有人入水游泳，忽然像被刀斧砍中一樣，屍體浮出水面。眾人見此，十分驚駭。縣令聽說後，派了很多人閘斷上流，發現山崖下面有一個深洞，洞中安置轉輪，輪上排滿了利刃，游泳的人就是被這利刃刺死的。眾人設法除掉轉輪，闖進洞中，發現裡面有一塊小碑，上面的字都是漢代的篆體。

經過仔細分辨，原來這裡是曹操的墓。於是人們破棺散骨，將殉葬的金寶全部取走。這雖然只是一個傳說故事，卻是絕大多數讀者聞所未聞的。生性好奇的蒲松齡不僅記下了這個故事，而且評論道：「後賢詩云：『盡掘七十二疑冢，必有一冢葬君屍。』（按：元陶宗儀《南村輟耕錄》卷二十六〈疑冢〉條云：「曹操疑冢七十二，在漳河上。宋俞應符有詩題之曰：『生前欺天絕漢統，死後欺人設疑冢。人生用智死即休，何有餘機到丘壟？人言疑冢我不疑，我有一法君未知。直須盡發疑冢七十二，必有一冢藏君屍。』」）寧知竟在七十二冢之外乎？奸哉瞞也！然千餘年而朽骨不保，變詐亦復何益？嗚呼，瞞之智，正瞞之愚耳！」

〈甄后〉講述的是：洛陽書生劉仲堪，好學不倦，一天正在讀書，忽聞異香滿室，一個美人帶著幾個宮女來到書房。劉驚伏於地。美人將他扶起道：「子何前倨而後恭也？」劉莫名其妙，美人笑道：「相別幾何，遂爾夢夢！危坐磨磚者，非子也耶？」於是鋪設宴席，與劉對飲交談，劉飲其水晶膏，感到心神澄澈。日暮，二人又共度良宵。劉一再追問其姓氏，美人回答說，她是魏文帝曹丕之妻甄氏，已為天仙，劉則是建安七子之一的劉楨（字公幹）的後身（按：歷史上曹丕一次宴請賓客，歡飲之間，讓妻子甄氏出拜，眾人皆伏於地，唯獨劉楨平視甄氏。曹操遂以「不敬」的罪名逮捕劉楨，罰其磨石服役，後被赦免）。並說：「當日以妾故罹罪，心實不忍，今日之會，亦聊以報情癡也。」天亮後，甄氏即登車而去。劉思念不已，竟至骨瘦如柴。甄氏得知，便命一個尚未回歸仙籍的銅雀台歌伎去給劉當妻子。一天，一個瞎眼婆婆牽著一條黃犬到劉家乞食，那犬看見劉妻，便掙斷繩索，向其狂吠，劉妻驚恐而退。婆婆牽走黃犬後，劉問妻：「你是仙人，為何竟害怕黃犬？」妻答道：「犬乃老瞞所化，蓋怒妾不守分香戒也。」（按：曹操臨終前寫的〈遺令〉中，命將婢妾和歌伎安置在銅雀台，時時守望其陵墓，將留存的熏香分給她們，並命她們學著做有飾物的鞋賣，以增加收入）對此，蒲松齡評論道：「平心而論，奸瞞之篡子，何必有貞婦哉？犬睹故伎，應大悟分香賣履之癡，固猶然妒之耶？嗚呼！奸雄不暇自哀，而後人哀之已！」

〈桓侯〉講述的是：荊州人彭好士，一次在外飲酒後歸家，路旁有細草一叢，初放黃花，被馬吃掉大半；彭見餘莖有異香，便放入懷中，縱馬馳騁。馬越跑越快，傍晚時來到一片山中。一個青衣人來迎接，方知竟已到了閬中（今屬四川）。青衣人將彭領到半山中一座高大的屋宇前，已有一群人站在那裡。一會，主人出迎，氣勢剛猛，巾服異於人世。主人說彭是最遠的客人，請他先進去；彭謙讓，主人抓住他的手臂請行，彭覺得被抓處像受刑一樣疼痛，不敢再謙讓，只得遵命先進，其他客人也依次進去。彭悄悄問身邊的客人，主人是誰，答曰：「此張桓侯也。」（按：張飛死後，追謚桓侯）席間，張飛說：「年年叨擾大家，今以此薄酒，略表謝意。」又對彭說：「你的馬已有仙骨，不適合你騎。我想買匹馬與你交換，如何？」彭當即表示願將馬奉送。張飛說：「明天你到市場上去挑選一匹好馬，不必論價，我自會付錢。」並告訴彭，其懷中的香草可以點化成金，且授以點化之方。宴後，彭與其他客人回到附近的村舍，看手臂被抓處，已是膚肉青黑，疼痛不已。村中各家爭相款待彭，並陪他到市上相馬，十餘天後，得到一匹好馬，日行約五百里。回到家後，按方將香草點化，果得萬金。於是又前往宴會之處，敬祀張飛。對此，蒲松齡評論道：「觀桓侯燕賓，而後信武夷幔亭非誕也。然主人肅客，遂使蒙愛者幾欲折肱，則當年之勇力可想。」

這三篇作品，想像豐富，情節奇特，但以往的研究者多未注意。應該說，對於了解明末清初三國文化的社會影響，對於全面把握蒲松齡的思想，它們都是頗有價值的。

20

識人用人，致勝之本

——《三國演義》現代啟示錄之一

被譽為「四大奇書第一種」的《三國演義》，不僅是一部傑出的長篇小說，而且是一座燦爛的智慧寶庫。在當今這個競爭的時代，無論是經濟競爭、管理競爭，還是科技競爭、軍事競爭，彙集在《三國》之中的東方智慧，都可以給我們提供豐富而深刻的啟示。讓我們先從識人用人的角度評說一二吧。

■得人才者得天下

三國時期人才之眾多，在中國歷史上是罕見的。這一點，不但後世的政治家、史學家們稱讚不已，就是普通的老百姓，甚至小學生，也能如數家珍地隨口舉出幾十個三國傑出人才，智謀之士如諸葛亮、龐統、徐庶、荀彧、荀攸、郭嘉、程昱、劉曄、賈詡、司馬懿、張昭、周瑜、魯肅、陸遜，驍勇之將如關羽、張飛、趙雲、馬超、黃忠、魏延、嚴顏、姜維、夏侯惇、夏侯淵、張遼、徐晃、張郃、典韋、許褚、黃蓋、周泰、太史慈、甘寧、凌統，文采風流如王粲、禰衡、曹植……《三國演義》生動地再現了他們的形象與業績，就像一座千姿百態的人物畫廊，令人嘆為觀止。

為什麼三國時期人才會如此興盛？原因主要有二：一方面，當時天下大亂，舊的統治秩序土崩瓦解，大量被腐朽的權貴們所忽視、埋沒的人才得以脫穎而出；同時，瞬息萬變的政治軍事鬥爭，又鍛煉和造就了一大批優秀的人才。另一方面，在群雄並立的激烈競爭中，誰要想戰勝對手，奪取天下，就必須禮賢下士，爭取人才。得人才者得天下，已是公認的真理。宦官之孫曹操、打草鞋為生的劉備、縣吏之子孫權之所以能夠成為開基創業的當世大英雄，一個根本的原因，就是他們比其他競爭者更加明確人才的極端重要性。

曹操雖然出身豪門，但因祖父是宦官，並不被那些累世顯赫的高門大族所看重；加之他參與過鎮壓黃巾起義，當過地方官，深知漢末政治的弊病。所以，一旦投入逐鹿中原的鬥爭，他在人才問題上便表現得十分急迫而通達。十八路諸侯討伐董卓，遇到的第一個勁敵便是董卓的驍將華雄，關鍵時刻，還是無名小卒的關羽溫酒斬華雄，頓顯英雄本色。在這件事上，身為盟主的袁紹麻木不仁，掌握糧草大權的袁術以勢壓人，只有曹操積極支持關羽出戰，在袁術要將劉關張趕出大帳時，他又仗義執言：「得功者賞，何計貴賤乎？」在他創業的過程中，曾經多次張榜招賢，又有「挾天子以令諸侯」的政治優勢，所以手下猛將如雲，謀臣如雨。

劉備雖然少有大志，但家境貧寒，無依無靠。就他個人的本事而言，可以說是文不能安邦，武不能定國。然而，經過多次失敗之後，他深刻認識到「舉大事必以人為本」，誠心誠意地搜羅真正優秀的人才。當他了解到諸葛亮的絕世奇才後，不辭辛苦，三顧茅廬，恭恭敬敬地請這位年僅二十七歲，比自己小二十歲的年輕人出山輔佐，留下了一段尊重人才的千秋佳話。從此，他的事業蒸蒸日上，終於創立了蜀漢政權。

孫權的哥哥孫策進兵江東時，年僅二十一歲。這位「小霸王」自己有勇有謀，同時又求賢若渴，善於用人，對張昭、張紘待以師傅之禮，對周瑜待以骨肉之情，並厚待曾與自己殊死搏鬥的太史慈，很快爭取了眾多人才，奪取了江東大部分地區。孫權繼位，勇略不及孫策，但卻更加重視爭取人才。他曾有一句名言：「能用眾力，則無敵於天下矣；能用眾智，則無畏於聖人矣。」因此，東吳人才濟濟，當之無愧地與魏、蜀鼎足而立。

■要有一雙識別人才的慧眼

人才的重要性，當時割據稱雄的諸侯們應該說都知道，為什麼曹、劉、孫三家卻成了勝利者呢？這是因為，曹操、劉備、孫權不僅高度重視人才問題，而且在識人、用人上各有長處，優於群雄。

拿識人來說，曹操的最大特點是「唯才是舉」。只要有真才實學，不管出身貴賤，不管門第高低，不管資歷長短，也不管是否與自己沾親帶故，一律加以任用。荀彧原來在袁紹手下，後離開袁紹投奔曹操，曹操與他交談一番，非常高興，稱之為「吾之子房也」（漢高祖劉邦的頭號謀士張良字子房），馬上委以重任。以後，曹操每次率兵出征，都讓荀彧留守後方，主持許都日常政務，荀彧將一切處理得井井有條，並在幾個重大關頭提出關鍵性的意見，幫助曹操選擇正確的戰略決策，為曹操統一北方作出了巨大的貢獻。官渡之戰處於膠著狀態時，袁紹的謀士許攸因被羞辱，來投曹操，建議襲擊袁軍屯糧之處烏巢，曹操立即欣然採納。張遼懷疑許攸有詐，他卻答道：「不然。許攸此來，天敗袁紹。」隨即毅然親自率兵奇襲烏巢，打亂了袁軍陣腳。在兩軍廝殺最激烈之時，袁紹大將張郃、高覽來降，夏侯惇擔心靠不住，他卻回答：「吾以恩遇之，雖有異心，亦可變矣。」坦然接納了二人，進一步動搖了袁方的軍心。這種廣攬英雄的氣度和慧眼識人的眼光，實在令人佩服。

劉備識人，往往從大處著眼，而不拘泥於一時一事。魏延歸屬劉備晚於關羽、張飛、趙雲等心腹大將，脾氣又過分剛強，不善與人相處；劉備卻看出他有勇有謀，是個可用之才。當劉備奪得漢中後，需要安排一員大將鎮守，眾將都認為此任非張飛莫屬，張飛也以此自許，不料劉備卻任命魏延為督漢中鎮遠將軍，領漢中太守，使眾將大吃一驚。魏延沒有辜負劉備的信任，多年鎮守漢中，戰功卓著。然而，諸葛亮卻一直不喜歡魏延，對魏延與楊儀的矛盾遲遲未能解決，對其逝世後的退軍安排也有不妥之處，結果，諸葛亮逝世後，魏延因不服楊儀而與之兵戎相見，終至被殺，令人遺憾。相反，對於諸葛亮喜愛的馬謖，劉備曾明確指出：「此人言過其實，不可大用。」可惜諸葛亮未能認真牢記劉備的警告，過高估計了馬謖的才幹，首次北伐時，讓他去守戰略要地街亭，結果慘遭失敗，北伐成果毀於一旦。這兩個例子，證明劉備識人之明，有時甚至超過了諸葛亮。

孫權識人，一是注重人才在關鍵時刻的表現，二是虛心採納部屬的推薦意見，這正符合他「用眾智」、「用眾力」的人才思想。張昭、周瑜，本是孫策的左臂右膀，孫策臨終前特地叮囑孫權：「內事不決問張昭，外事不決問周瑜。」孫權繼位後，在是否送兒子給曹操作人質的問題上，特別是在赤壁大戰前決定和、戰大計的問題上，周瑜的膽識、魄力都高於張昭，因此，儘管張昭資格更老，原來的地位也比周瑜略高，孫權對周瑜的賞識和信賴卻明顯超過張昭。周瑜逝世以後，東吳的幾任統帥均出自前任或其他大臣推薦，孫權均一一聽從。事實證明，魯肅、呂蒙、陸遜都堪稱優秀的帥才，這就有力地保證了東吳國力的穩定增強。

與曹、劉、孫三家相比，其他一些割據者往往缺乏識人之明。袁紹地盤最廣，實力最強，手下人才濟濟，頗有一統天下的雄心。然而，由於他忠奸不分，是非混淆，僅憑親疏關係和一時好惡用人，使得英雄無用武之地，小人卻大肆挑撥離間，以致整個集團內訌不已，終於分崩離析。劉表佔據荊襄九郡，實力不弱，手下人才也相當多；但他「善善而不能用，惡惡而不能去」，諸葛亮、龐統這樣傑出的人才就在他的眼皮底下，他卻未能發現。如此不思進取，只能落得人心離散，身死國滅。呂布武藝高強，天下無敵，但卻有眼如盲，不識人才；陳宮對他忠心耿耿，又頗有計謀，他卻很少聽從陳宮之計。結果連吃敗仗，九尺之軀，竟被繩索捆得如同一頭死豬，最終可憐兮兮地被縊死在白門樓上，枉為天下笑柄。

看來，人才無處不有，無時不在，就看領導者是否有一雙識人的慧眼了。

■關鍵在於用人藝術

有了求才的誠意，識才的眼光，就肯定能夠發現和吸引人才，一個團體的生存和發展就有了希望。但是，有了人才並不等於用好了人才，因此也並不等於一個團體必然興旺發達。這裡，關鍵在於用人之道，在於合理地培養和使用人才。沒有這一點，吸引來的人才很快又會流失，事業的基礎仍然不夠穩固。只有切實用好人才，才能增強人才的凝聚力，使人才源源不斷，事業長盛不衰。對於領導者來說，怎樣用好人才，乃是一門高深的藝術。

綜觀曹操、劉備、孫權的用人藝術，主要有這樣幾個特點：

其一，讓人才各得其所，各盡其才。

其二，以誠相待，賞罰分明。

其三，疑之不用，用之不疑。

其四，注意協調人才之間的關係。

當然，在這幾個方面，三家各有所長，各有所短，而且都有一些失敗的教訓。如曹操的猜忌心理，常常使他幹出口是心非、殘害人才的勾當；孫權晚年偏聽偏信，濫責大臣，弄得朝綱不振，人才凋零，都令人深思。

從三國英雄的識人用人中，當代的企業家和其他社會群體的領導者可以看到：在世間的一切資源中，人才是最寶貴的資源；企業之間、群體之間的競爭，其實是人才的競爭。一個領導者無論多麼聰明能幹，都不可能是全知全能，而必須依靠各個方面、各種類型的人才。因此，要搞好一個企業，辦好一個群體，做好一種事業，領導者一定要有求才之誠，識才之能，用才之道。要想使自己的事業長盛不衰，就必須不斷地、真心誠意地識才、用才。不要老是擔心大權旁落（想一想劉備之用諸葛亮，孫權之用周瑜、魯肅等四帥），不要有始無終（這樣的教訓實在太多太多），不要覺得自己最高明而漠視人才，甚至有意無意地壓制人才。只有憑借高尚的品格和寬廣的胸懷，才能讓各種人才心悅誠服地為自己所用，也使自己在事業上達到更高的境界。

21 選擇正確的發展戰略

——《三國演義》現代啟示錄之二

戰略問題，是政治軍事鬥爭和經營管理中關係全局成敗的首要問題，是決定一個企業、一個團體生死存亡的根本因素。在群雄並起，競爭激烈之時，誰能作出正確的戰略決策，誰就選擇了正確的發展道路，就有可能在競爭中佔據有利位置，成為勝利者。在這個重大問題上，三國英雄堪稱典範。

■當機立斷，作出正確的戰略決策

漢末天下大亂，群雄逐鹿，稍有實力的諸侯整天忙於招兵買馬，爭奪地盤，卻很少有人縱覽全局，冷靜思考自己應當舉什麼旗號，制定怎樣的戰略決策。曹操比其他軍閥高明之處，就在於他在關鍵時刻當機立斷，作出了正確的戰略決策。

當時，東漢的最後一個皇帝漢獻帝已被董卓劫持到長安；董卓被殺後，很快又落入李傕、郭汜的手中，形同傀儡。當李、郭二人混戰得天昏地暗之時，漢獻帝離開長安，返回洛陽，一路上多次遭到李、郭的追趕，喪百官，失宮女，餓肚皮，擔驚受怕，狼狽不堪。回到洛陽以後，宮殿殘破，糧草缺乏，情況還是很慘。對這位落難的小皇帝，很多人都以為已經毫無用處了。然而，曹操的首席謀士荀彧卻高瞻遠矚，及時提出了一個重要建議：「昔晉文公納周襄王，而諸侯服從；漢高祖為義帝發喪，而天下歸心。今天子蒙塵，將軍誠因此時首倡義兵，奉天子以從眾望，不世之略也。」曹操當機立斷，馬上採納了這一建議，親自率兵到洛陽，將漢獻帝迎到許縣（即許都）。這是曹操一生中最重大、最正確的戰略決策。「奉天子以從眾望」，實際上是「挾天子以令諸侯」。如果說此前曹操只是眾多軍閥中實力中等的一個的話，那麼在此以後，他就在政治上取得了極大的優勢，可以名正言順地號令諸侯了。在荀彧提出這個建議之前，袁紹手下最有眼光的謀士沮授就曾提出類似的主張：「宜迎大駕，安宮鄴都，挾天子而令諸侯，畜士馬以討不庭，誰能禦之！」但郭圖、淳于瓊等人卻認為奉迎天子會礙手礙腳，不利於爭霸。袁紹不明大勢，沒有採納沮授的主張，錯過了千載難逢的良機。等到曹操捷足先登以後，袁紹才感到後悔，想叫曹操把漢獻帝遷到靠近自己的鄄城，以便控制，理所當然地遭到了曹操的拒絕。結果，儘管袁紹的實力比曹操強得多，但因政治上被動，策略上又一錯再錯，終於成了曹操的手下敗將。在當今的企業界，當機立斷，正確決策，可以使企業由弱變強，後來居上。拿中國彩電行業來說，長虹原為軍工企業，僻處內地，技術、資金、對外聯繫的條件都不如北京、上海、南京的一些老名牌企業；然而，由於長虹的領導善於縱覽全局，戰略決策正確，很快就形成了自己的優勢，經過十餘年的奮鬥，成為彩電行業的「龍頭老大」。而原來聲名赫赫的「牡丹」、「金星」、「熊貓」等品牌，早已被遠遠地甩在了後面。

■審時度勢，選擇最佳的發展道路

劉備早就確立了「上報國家，下安黎庶」的遠大志向，深得人心，身邊又有關羽、張飛、趙雲等忠誠驍勇的大將，照理說應該是所向無敵了。然而，恰恰相反，在他奮鬥的前期卻屢遭敗績，一次又一次地丟失地盤，只得輾轉投奔他人，困守小小的新野縣。原因在哪裡？最根本的，就在於他雖然胸懷大志，卻一直缺乏正確的戰略方針，一直沒有找到適合自己的發展道路。直到他三顧茅廬，傑出的戰略家諸葛亮才為他把天下大勢分析得明明白白，替他設計了最佳的發展道路：「將軍欲成霸業，北讓曹操佔天時，南讓孫權佔地利，將軍可佔人和。先取荊州為家，後即取益州建基業，以成鼎足之勢，然後可圖中原也。」這位年僅二十七歲的青年，對天下大勢和劉備集團自身的條件真是瞭如指掌，羅貫中不禁讚美道：「孔明未出茅廬，已知三分天下，真萬古之人不及也！」正是由於有了諸葛亮制定的正確戰略，劉備集團才扭轉了頹勢，取荊州，奪益州，攻漢中，取得了節節勝利，與曹操、孫權鼎足而立。後來，由於關羽違背了隆中決策中「外結孫權」的方針，陷入曹操、孫權的兩面夾攻，痛失荊州，使諸葛亮兩路北伐的戰略構想無法實現；劉備不聽勸阻，強行伐吳，又遭慘敗，進一步削弱了劉蜀集團的實力。儘管諸葛亮修復了蜀、吳關係，平定了南方，發展了經濟，但劉蜀集團終究國小力弱，再也不可能實現〈隆中對〉提出的最終目標了。劉蜀集團的興衰，充分證明了審時度勢，正確決策的極端重要性。今天，許多年輕的企業家一無顯赫的家庭背景，二無雄厚的財政基礎，但憑著非凡的膽識和敏銳的眼光，他們為自己確定了正確的戰略方向，選擇了最佳的發展道路，從而在波濤洶湧的商海中奮勇前進，迅速崛起。像中國電腦行業之冠聯想集團，中央空調的第一大戶遠大集團，飼料行業的領軍希望集團，都是如此。相反，很多企業家一年到頭忙忙碌碌，窮於應付，卻很少全面分析自己的成敗得失，而是「走到哪裡黑，就在哪裡歇」，雖然累得要命，企業卻發展緩慢，甚至越來越困難。一些原本實力比較雄厚的企業，在競爭中反而處於下風。這些企業的老總們，是否可以抽出時間，靜下心來，認真思考一下自己的最佳發展道路呢？

■避實擊虛，建設穩固的戰略基地

孫吳集團的真正創業者是孫策。當年僅二十一歲的他準備離開袁術，獨立發展的時候，手下除了父親的幾員老將，只有借來的三千人馬。應該向何處發展呢？當時，袁紹據冀州，公孫瓚據幽州，二者正在激烈爭奪并州、青州；曹操據兗州，並控制了豫州的一部分；劉備據徐州，劉表據荊州，袁術據淮南：他們的實力都比孫策強得多。只有江東地區，由於劉繇新任揚州刺史，立足未穩，尚未形成一股完整的割據勢力，便於各個擊破。於是，孫策避開強敵，渡江南下創業。由於他既勇猛善戰，又善於依靠張昭、周瑜等人才，善於爭取人心，短短三四年間，便奪取了江東大部分地區，成為當時幾大軍事集團中發展最快的一個。孫策去世後，年僅十八歲的孫權繼領江東，今後的路該怎麼走？又面臨新的選擇。這時，投奔孫權不久的魯肅向他闡明了「漢室不可復興，曹操不可卒除」的天下大勢，提出了「鼎足江東，以觀天下之釁，……竟長江所極而據守之，然後建號帝王，以圖天下」的戰略方針。這個方針的核心，就是建設穩固的戰略基地，穩紮穩打，逐步前進。孫權虛心採納了這一戰略，並長期堅持實行，不僅鞏固了對江東六郡的控制，而且奪取了荊州，開發了南方，建立起一個統治荊、揚、交、廣四州，疆域萬里的強大政權。孫策的避實擊虛，孫權的建設穩固的戰略基地，都是十分成功的歷史經驗。在現代的商業競爭中，同樣有一個避實擊虛、深根固本的問題。許多企業既不知己，也不知彼，老是喜歡跟風，動不動一窩蜂湊熱鬧，常常擠在一個狹小的範圍裡，被強大的競爭對手碰得頭破血流。許多企業貪大求全，盲目擴張，不注意鞏固自己的基礎，結果反而背上沉重的包袱，甚至被拖垮。韓國的大宇集團，中國的巨人集團，都是因盲目擴張而失敗的典型。有志向的企業家們，從這些觸目驚心的事例中吸取教訓，把宏偉抱負建立在切實可行的戰略上吧！

22 隨機應變，出奇制勝

——《三國演義》現代啟示錄之三

有了正確的發展戰略，有了優秀的人才，一個企業、一個團體的成功就有了根本的保障。但這並不是說，勝利會自然而然地到來。我們還需要靈活而有效的策略「一著不慎，滿盤皆輸」嘛。在這方面，三國英雄又給了我們有益的啟示。

■兵貴神速，先發制人

在尖銳激烈的政治軍事鬥爭中，取勝的機會往往如同電光石火，稍縱即逝。誰能抓住先機，誰就能贏得主動。諸葛亮首次北伐，連敗魏軍，奪得天水、南安、安定三郡，極大地震動了曹魏方面。魏明帝不得不御駕親征，並下詔起用被罷官閒居的司馬懿，令其率軍到長安會合。這時，擔任曹魏新城太守的孟達暗中聯絡諸葛亮，準備起新城、西城、上庸三處兵馬，乘虛奪取曹魏首都洛陽，打亂魏軍部署，以便諸葛亮趁勢奪取長安。如此，曹魏就將十分危險了！司馬懿得到密報，決定先擒孟達。其子司馬師建議趕緊向皇帝報告。按照通常的規矩，本來是應該這樣做的。但司馬懿卻說：「若等聖旨，往復一月之間，事無及矣。」當即下令人馬起程，一天要趕兩天的路；同時命參軍梁畿星夜前往新城，教孟達準備出征，使其不疑。此時，諸葛亮得知司馬懿復職，急忙派人送信給孟達，叫他加倍提防。然而，麻痺大意的孟達卻不以為然，回信說：司馬懿必須報告魏主，往復需要一個月，那時他已做好準備，「司馬懿即來，達何懼哉！」誰知僅僅過了八天，司馬懿大軍便到了城下。孟達措手不及，又被手下出賣，很快就兵敗被殺，使奪取兩京的宏圖化為泡影。「司馬懿剋日擒孟達」，堪稱軍事史上先發制人的典型戰例。

在現代商戰中，先發制人也具有非常重要的意義。在同類商品的競爭中，誰能搶先一步進入市場，就有可能佔領較大的市場份額。當然，這裡的「搶先」不是盲目的，而是率先推出品質可靠、使用方便的產品；否則，即使你暫時搶了先，產品也會因品質、性能問題而被淘汰。反過來，如果你比人家進入市場晚，那也並不意味著只能處於劣勢。只要你能拿出更新的品牌，產品質更高，使用更方便，價格更便宜，就會後來居上。在廣闊的中國電話機市場上，八十年代，多家產品競爭，TCL因為品質較高，佔據了最大的市場份額；但後起的「步步高」率先推出無線電話，首創「大哥大」方式預置撥號，又率先推出多手機無線電話，極大地適應了用戶的需要，很快確立了對TCL的競爭優勢。由此可見，「先發制人」的實質是「創新」。只有不斷創新，才能一次又一次地先發制人，成為競爭中的勝者。

■知己知彼，隨機應變

劉備去世後，諸葛亮獨力承擔起維繫蜀漢國運的千鈞重任。魏主曹丕得知這一消息，馬上決定「乘其國中無主，起兵伐之」。老謀深算的司馬懿建議「用五路大兵，四面夾攻，令諸葛亮首尾不能相顧，然後可圖。」此時，蜀漢由於在夷陵之戰中遭到慘敗，元氣大傷，處境十分困難，稍有不慎，就可能江山不保。然而，要同時對付五路大軍，又談何容易！面對強敵壓境之勢，後主劉禪驚惶失措，滿朝文武惴惴不安，諸葛亮卻安居相府，閉門不出。直到後主上門問計，他才將自己的退兵之策和盤托出。原來，他根據對手的不同情況，早已暗中作了部署：對鮮卑軻比能，他命被少數民族稱為「神威天將軍」的馬超設奇兵拒守，使其畏威而退；對「蠻王」孟獲，他命魏延以疑兵對之，使其捉摸不定而不敢進兵；對孟達，他利用李嚴與其生死之交的關係，假造李嚴親筆信，使其托病不出，難以威脅漢中；對曹真，他命趙雲憑藉陽平關險峻難攻的有利地形，堅守不出，使其求戰不得，只好退兵；對孫權，他估計其定會觀望形勢，準備派人去曉以利害，為恢復蜀、吳聯盟奠定基礎。就這樣，司馬懿氣勢洶洶策劃的五十萬大軍，竟被諸葛亮輕輕化解。這個「安居平五路」的故事，生動地表現了諸葛亮知己知彼，隨機應變的謀略大師形象。商場如戰場，形勢也是千變萬化的。聰明的企業家，決不能死抱著事先制定的規劃，一成不變地執行；而要根據市場的形勢和對手的情況，及時調整自己的戰略，採取適當的策略。香港資源缺乏，在科技創新上並不居於世界前列；但交通便利，信息發達。香港廠商便利用其信息優勢，充分發揮「知己知彼，隨機應變」的特長，緊跟國際市場新潮流，在製衣業、玩具業、電子業等領域都不斷推出花樣翻新的產品，銷路位居世界前茅，獲得了豐厚的利潤。一些廠家不知應變，產品總是老一套，焉能不敗？

■攻其不備，出奇制勝

蜀漢炎興元年（公元二六三年），魏軍大舉攻蜀。鎮西將軍鍾會由關中三路進兵，進攻蜀漢的戰略基地漢中；征西將軍鄧艾則由隴右進攻駐守沓中的蜀軍主將姜維。鍾會奪取漢中後，姜維擺脫鄧艾軍的圍堵，扼守劍閣，使魏軍無法繼續前進。這時，鄧艾主張「引一軍從陰平小路經漢德陽亭，用奇兵逕取成都」。鍾會當面表示贊同，背後卻譏笑鄧艾是「庸才」，說什麼：「陰平小路，皆高山峻嶺，若蜀以百餘人守其險要，斷其歸路，則鄧艾之兵皆餓死矣。」鍾會的話自然有一定道理，但他不知道關鍵的一點：此時的蜀漢，後主昏庸，宦官黃皓專權，根本就沒有派兵防守陰平小路。年近七十的鄧艾下定決心，親率三萬人馬，在崇山峻嶺中鑿路搭橋，經過二十餘日，行進七百餘里，皆是無人之地，終於出其不意地奇襲江油，奪取涪城，並在綿竹殲滅諸葛瞻軍，直逼成都，前後僅一個月時間，就迫使後主劉禪投降了。鄧艾的成功，在於攻敵不備，出奇制勝。而鍾會儘管絕頂聰明，但因拘守常理，只知強攻硬打，在劍門關前寸步難行，只能眼睜睜地看著鄧艾成了大功。在現代商戰中，「攻其不備，出奇制勝」也是致勝要訣之一。無論是強強並立，還是以弱對強，都應盡量避免硬碰死拚，而要一方面認真研究市場需求，另一方面認真研究對手的優劣長短，在強大的對手不屑一顧或無暇顧及的地方「乘虛而入」，巧作文章。瑞士國土狹小，夾在德國、法國、意大利幾個大國之間，而且資源貧乏，要想在鋼鐵、機械、化工等重工業上與德、法競爭，十分困難。瑞士人便盯住人人都需要、資源消耗又不多的鐘錶，獨闢蹊徑，精心研製，成為世界著名的「鐘錶王國」。不過，瑞士人長期全力發展機械錶，對新興的石英錶不夠重視，日本人便乘虛而入，大力發展走時比機械錶更準確，價格卻比機械錶便宜的石英錶，一舉成為與瑞士並駕齊驅的世界鐘錶大國。然而，兩強並立，仍有空檔。香港廠家針對瑞士、日本壟斷高檔、中檔錶市場的狀況，緊緊抓住中低檔錶特別是電子錶市場，大展拳腳，使之成為香港的支柱產業之一，出口量達到世界第二。當今的眾多中小企業，為跨國公司和大企業集團拾遺補闕，著重生產一兩種獨具特色的產品，也是一種出奇制勝，足以在競爭中站穩腳跟，逐步發展壯大自己。商海無涯，商機無限，就看你是否善於把握機會了。

23 《三國演義》在少數民族中的傳播和影響

《三國演義》問世以來，不僅在漢族人民中早已家喻戶曉，而且在少數民族中也得到廣泛傳播，並產生了十分深遠的影響。對此，可說的內容很多，可以寫成一本厚厚的專著。而由於資料非常零散，尚待系統收集，一時還難以全面敘述。這裡姑且以資料較多的滿族為主，略談一二。

早在明代中、後期，《三國演義》就傳入了滿族。一般民眾固然是通過戲曲和說唱藝術來了解《演義》的故事，懂得漢文的人們更可以直接閱讀《演義》的刻本。滿清王朝的開創者努爾哈赤就是「幼時愛讀《三國演義》，又愛《水滸傳》，此因交識漢人，而得其賜也。」（《清朝全史》）其子皇太極也特別喜愛《三國演義》。皇太極繼承汗位不久，便於天聰年間命學士達海將《三國演義》譯成滿文，以供滿族文武大臣學習，這大大推動了《演義》在滿族上層的傳播。滿族入關以後，又出現了多種滿文譯本。今天知道的就有三種。對《三國演義》的喜好，已經成為滿族人民普遍的習尚。除了滿族之外，《三國演義》在蒙古族、朝鮮族、回族、彝族、苗族中也傳播甚廣，在其他許多民族中也有不同程度的傳播。

《三國演義》在少數民族中的傳播和影響，可從三個方面來看。

一、政治軍事方面

努爾哈赤、皇太極等滿族領袖，一開始就從開創帝王之業的現實需要出發，從《三國演義》中學習政治方略和軍事謀略，而且取得極大成效。例如，考慮到滿族人口太少，他們特別重視加強與蒙古各部的關係，發揮其輔助作用。於是仿效「桃園結義」，與蒙古諸汗約為兄弟，自認為是劉備，而以蒙古為關羽，並通過不斷抬高關羽來表示尊崇蒙古之意。這一手果然有效，在清朝統治的二百多年中，蒙古各部「備北藩而為不侵不叛之臣者，端在於此，其意亦如關羽之於劉備，服事唯謹也。」（缺名筆記）又如，為了招降明朝將領，他們大加懷柔，竭力攻心。他們制定了對明朝降將的優待條件，不僅論功行賞，而且明確規定：「凡一品官以諸貝勒女妻之，二品官以國中大臣女妻之」，還要「每五日一大宴」，就像曹操籠絡關羽一樣。明朝總兵祖大壽駐守大凌河時，因糧盡援絕而降，不久又逃回錦州，直到錦州即將陷落時才再次投降。皇太極並不追究，仍命他為總兵。這顯然受到「七擒孟獲」的啟發。再如，為瓦解敵方，他們運用了各種縱橫捭闔的手段。明朝遼東巡撫袁崇煥，才幹出眾，多次打退清兵的進攻，努爾哈赤、皇太極均無可奈何。天聰三年（公元一六二九年）底，皇太極率兵繞道入關，進逼北京，袁崇煥星夜回援。皇太極見他太難對付，便使用反間計，密令兩個部將故意在兩個被俘的明太監附近耳語，說袁崇煥與皇太極有勾結，然後又故意讓其中一個姓楊的太監逃走。楊太監將偷聽來的假情報報告崇禎皇帝，崇禎皇帝竟然輕信，將袁崇煥處死，自壞長城。這完全是《三國演義》中「蔣幹盜書」故事的翻版，皇太極卻又一次成功了。

二、文學藝術方面

《三國演義》對許多少數民族的小說、故事、戲曲、曲藝的創作都產生了重要的影響。例如：滿族曲藝形式「子弟書」，就有《鳳儀亭》、《東吳招親》、《單刀會》、《諸葛罵朗》、《嘆武侯》等段子。蒙古族作家尹湛納希描寫成吉思汗的小說《青史演義》，就借鑑了《三國演義》中「草船借箭」、「七擒孟獲」等情節。傣族、白族、壯族、侗族、布依族等少數民族的戲曲，紛紛把《三國演義》和京劇三國戲改編成本民族的劇目，包括《連環計》、《古城會》、《三顧茅廬》、《長坂坡》、《失街亭》等。至於各民族的三國傳說故事，更如滿天星斗，難以計數。

三、社會心理方面

這屬於深層次的問題，需要進行深入而細致的研究。這裡略舉兩例，以見一斑。雍正六年（公元一七二八年），廷臣奉命各保舉所知一人，護軍參領郎坤上奏道：「明如諸葛亮，尚誤用馬謖，臣焉敢妄舉？」雍正皇帝十分惱火，批示道：「必能勝諸葛亮始行保舉，則勝於諸葛亮者，郎坤必知之。郎坤從何處看得《三國志》小說（按：指《三國演義》）？即欲示異於眾，輒敢沽名具奏，甚屬可惡，交部嚴審具奏之。」（見奕賡《管見所及》）其實，郎坤即使借用小說情節，亦無傷大雅（諸葛亮誤用馬謖，史書《三國志》本有記載），那位性情怪僻陰冷的雍正皇帝莫名其妙地大發其火，反倒使人們懷疑他自己就經常閱讀《三國演義》。乾隆初年，某侍衛被提拔為荊州將軍，別人前往祝賀，他卻痛哭流涕，大家感到奇怪，問其原因，他說：「連關帝爺爺都守不住荊州，現在讓我去鎮守，這是想要殺我呀！」人們聽了，無不掩口而笑。這兩個例子，都反映出《三國演義》在滿族中已經深入人心，自然而然地影響了一些人的思維和表達。至於《三國演義》對少數民族倫理觀、審美觀的影響，那就更不是三言兩語說得清楚的了。

24 《三國演義》在國外

作為一部富有魅力的偉大作品，《三國演義》被人們稱為跨越時代，跨越民族，跨越國度的「三跨越」作品，不僅在我國家喻戶曉，而且在世界上廣為流傳。

早在公元一六八九年（康熙二十八年），日本人湖南文山就把《三國演義》譯成了日文，這是《三國演義》最早的外文譯本。三百年來，《三國演義》已經被亞、歐、美諸國譯成各種文字，全譯本、節譯本共達六十多種。各國學者都把《三國演義》看作中國文學史上燦爛的明珠，給予高度的評價。《大英百科全書》一九八〇年版第十卷「元朝白話小說」條稱《三國志通俗演義》的作者羅貫中是「第一位知名的藝術大師」，並認為《三國演義》是十四世紀出現的一部「廣泛批評社會的小說」。日本著名漢學家吉川英治認為，《三國演義》是「世界古典小說中無與倫比」

的作品。泰國文學學會於一九一四年把《三國演義》的泰文譯本評為優秀小說，泰國教育部還曾明令把它作為中學作文範本。蘇聯學者帕納休克翻譯的俄文本《三國演義》序言指出：「《三國演義》在表現著中國人民藝術天才的許多長篇小說之中佔有卓越的地位，它是最普及的作品之一」，「是一部真正具有豐富人民性的傑作。」

《三國演義》中那些栩栩如生的人物，特別是忠貞機智的諸葛亮和剛烈武勇的關羽，深受各國人民的喜愛和尊崇。朝鮮很早就為諸葛亮立廟，公元一六九五年（康熙三十四年），朝鮮又明令以岳飛配祀諸葛亮。日本、朝鮮、越南、馬來西亞、印尼等國都有關羽廟。各國人民有關《三國演義》人物的種種傳說，飽含著對中國人民的深厚情誼。

《三國演義》對一些國家的社會生活和文學藝術產生了不可忽視的影響。泰國散文體文學的形成，在一定程度上得力於《三國演義》。日本著名作家瀧澤馬琴的代表作《南總里見八犬傳》，汲取了《三國演義》的故事情節。朝鮮十八世紀「軍談小說」的形成，也深受《三國演義》的影響。《三國演義》中的許多情節，還成為越南戲劇的題材。西方不少漢學家選擇《三國演義》作為撰寫博士論文的題目；日本人民不止一次地組織「《三國演義》之翼」訪華團，千里迢迢來到中國，探訪三國遺址，憑弔三國人物，以此表示對中國人民的友好感情。

近年來，隨著中國國際影響的擴大和《三國演義》研究的深入，國外又出現了持續不衰的「

說到國外的「三國熱」，大概首先應當提到日本。確實，《三國演義》在當今日本流傳之廣，影響之大，簡直令人驚奇。這裡隨便舉出幾點：

——在湖南文山的《三國演義》日文譯本出版後，新的日文譯本不斷出現，總計超過二十種，而且多次再版。如立間祥介教授翻譯的《三國志演義》，一九七二年出版，到一九八八年已經印刷十六次，幾乎年年重印。各種譯本加起來，發行量至少是幾百萬套。

——日本的《三國演義》改寫本、新編本、連環畫多達幾十種。其中，僅橫山光輝改編的《漫畫三國志》，就有大小兩種開本，印數已經超過三千萬套，幾乎等於每個日本家庭都有一套，普及率之高，竟超過中國。

——日本的《三國》研究著作多達幾十種。要論「本體研究」，應該說不及中國；但從人際關係、經營管理、商戰謀略等角度進行的「應用研究」則似乎比中國更活躍。

——日本的「三國迷」遍及全國，他們自發組織的「三國迷俱樂部」就有上百個。一九九二年三月，我會見了一位五十多歲的日本公司職員內田重久先生，他在緊張工作之餘，耗費多年心血，寫了一部《三國末史物語》；這次又專程來到中國，參觀了陝西和四川的部分三國遺蹟，連生日也是在旅途上度過的。這種對三國文化的摯愛，實在令人感動。

在亞洲其他國家，「三國熱」也普遍存在。在韓國，《三國演義》是讀者最多，影響最大的一部中國小說；近年來出版的《三國演義》韓文譯本、評本、改寫本達一二十種，其中李文烈的評譯本，銷量已達數十萬套（每套十冊）。一九九七年暑假，韓國學者組織了第一個高層次的三國文化考察團，由韓國國家電視台派出的攝製組陪同，並聘請陳翔華先生和我先後擔任顧問，歷時二十天，行程上萬里，考察了九個省、市的幾十處三國遺蹟，攝製的專題片已在韓國電視台播出，引起了很大反響。在泰國，高等學校招考新生時也經常出與《三國演義》有關的試題。《三國演義》又是泰國華僑、華裔加強團結的精神紐帶。如「劉氏宗親會」就自稱是劉備的後代，多次組團到成都武侯祠祭奠劉備，寄託懷鄉念祖之情。前不久中央電視台電視連續劇《三國演義》劇組到泰國進行宣傳訪問，各種新聞媒介每天都作了大量的報導，劇組成員每到一地，都是觀者如堵，盛況空前。

此外，在新加坡、馬來西亞、印度尼西亞等國，《三國演義》也流傳很廣，並有多種馬來文和印尼文的譯本。在這些國家的華人社會，三國故事更是家喻戶曉，關羽崇拜至今還很普遍。最近，新加坡、馬來西亞分別播放電視連續劇《三國演義》，受到廣大觀眾的熱情歡迎。

在歐美國家，由於文化傳統不同，《三國演義》的傳播遠不如亞洲那麼廣泛。不過，隨著中外文化交流的發展，歐美人對《三國》的興趣也會逐漸「熱」起來。

【貳】改編拾聞

1 攜手共圓三國夢

一九九〇年重陽時節，以張瑞芳為顧問，徐桑楚、孫道臨為正副團長的上海三國文化考察團來到錦城，邀我一同探訪川西北的三國遺蹟。七天之中，馳驅千里，感觸良深。

■涪城道上

清早，豔陽初升，汽車奔馳在通往綿陽（東漢三國時的涪城）的大道上。將近九點，我們來到德陽市政府。在與市上領導座談時，徐桑楚說明考察團的任務有二：一是為《三國演義》系列影片進行流動宣傳；二是實地考察三國遺蹟，積累感性材料。我滿懷敬意地看著這位組織了一系列優秀影片創作的上影廠老廠長。自一九八二年以來，他和孫道臨等人一起，已經為把古典名著《

三國演義》搬上銀幕耗費了八年心血！八年之中，困難重重，波折紛紛，他沒有洩氣；兩鬢飛霜，老伴故世，他沒有消沉。如今，他又以七十四歲高齡，率團遠行，一心要圓三國夢。

說到流動宣傳，張瑞芳可算最積極的一個。這位著名藝術家在《三國演義》系列影片中雖未承擔具體任務，卻以弘揚民族文化的強烈責任感，到處為之呼籲宣傳。一九八九年九月在上海參加《三國演義》電影創作研討會，我就聽過她那熱情洋溢的講話。這一次，她回到闊別已久的第二故鄉（抗日戰爭時期，她曾在四川從事進步文藝活動），走一路，講一路，以一片赤誠，喚起了廣大群眾對拍攝《三國演義》系列影片的理解和支持。當我們來到位於羅江境內的龐統祠墓參觀時，她一邊看，一邊記，還興致勃勃地和大家一起繞墓三圈，祝願三國夢早日變成現實。看著她那輕快的身影，你簡直想不到她已是七十二歲高齡。

與熱情奔放的張瑞芳不同，著名藝術家孫道臨顯得儒雅深沉，透出詩人氣質。在《三國演義》系列影片中，他不僅擔任藝術總監，而且擔任第一部《董卓之亂》的導演和第十部《千秋功罪》的編劇；同時，他又是電視藝術片《三國夢》的主持人，任務十分繁重。行車途中，他一次又一次地和我討論有關《三國演義》的各種問題；到了綿陽，無論是參觀蔣琬墓還是富樂山，他都問得最細，記得最勤。為了創作《三國演義》電影，他真是殫精竭慮，夢繞魂牽呵！

■大廟內外

離開綿陽，我們來到梓潼七曲山大廟。在這名聞遐邇的古建築群中，有獨具一格的金臉關公塑像，有號稱「天下正宗」的文昌宮，還有一連串美麗的傳說。古柏引路，丹桂飄香，加上老解說員妙趣橫生的介紹，使大家沉浸在對傳統文化的悠遠追尋之中。

不過，最使大家感興趣的，還是與全國第一個縣級《三國演義》學會——梓潼《三國演義》學會的座談。就在大廟茶園裡，會長謝漢傑、常務副會長劉長榮概述了他們走過的歷程。五年來，他們依靠會員繳納會費和社會各界的支持，堅持每個季度開展一次學術活動，編印刊物，舉辦講座，工作搞得有聲有色。為了推動梓潼的文化建設和旅遊事業，他們組織會員，自費調查全縣的三國遺蹟，足跡遍及各個區鄉。不久前，他們舉辦了頗具規模的《三國演義》書畫展，吸引了成千上萬的觀眾。……翻閱著他們編印的書刊資料，傾聽著他們茶館裡面說《三國》、柏樹林中話孔明的介紹，人們不能不對這些僻居山區而奉獻不已的《三國演義》研究者產生由衷的敬意。你看，著名作家葉楠正頻頻點頭，優秀電影事業家丁小逖打開了小錄音機，中年作家劉徵泰陷入了沉思……

暮色靄靄，我們離開大廟，又順道參觀了「劍泉」和「送險亭」。猛抬頭，金黃的圓月已高懸梓山之上，映照著波光粼粼的潼江。呵，好美的秋夜！回到縣城，定會做一個美妙的三國夢

▲ 四川梓潼七曲山大廟獨具一格的金臉關公塑像

……。

■劍門關前

由梓潼到劍閣，一路都是鬱鬱蒼蒼的柏樹。近觀，如同綠色的走廊；遠望，好似青翠的雲朵——這就是享譽中外的「翠雲廊」。據說，最早在蜀道大量植柏的是蜀漢大將張飛，人們至今還把那些數人合抱、久經風霜的古柏稱為「張飛柏」。

徜徉在這綠色的波濤中，大家心曠神怡，讚嘆不已。我想起了葉楠昨天晚上與電影觀眾見面時說的話：他跑了全國許多地方，有一個很深的感受：哪個地方的樹長得好，那裡領導的工作也一定做得不錯。信然！

專程來迎接考察團的劍閣縣委蕭書記，談到柏樹與榿木的共生現象，說榿木的落葉化作肥料，年復一年地滋養著柏樹。這看似平凡的自然現象，頓時觸動了孫道臨的詩情，他隨口吟成一首七絕：

柏樹高歌榿木吟，
秋雨淒迷葉紛紛。

會須崖暖花開日，
翠雲廊裡詠素心。

車抵劍門關，舉首仰望，但見兩山夾道，壁立千仞，氣象森嚴。薄霧之中，劍山七十二峰並肩峙立，如同一把把利刃，直插雲天。遙想諸葛亮開鑿劍閣道的艱辛，姜維力挽頹勢而不成的悲憤，我們的腳步變得凝重，對三國那段歷史，對《三國演義》這部名著，理解似乎又加深了一分。

經過又一天緊張的考察活動，加上磋商問題，回到招待所房間已是晚上十點半以後了。然而，我和同室的劉徵泰都毫無倦意。這位精力充沛的中年作家，承擔《董卓之亂》和《六出祁山》兩部影片的編劇，可謂重任在肩。為了編織恢宏壯闊的三國夢，他已付出了六載年華。此刻，他動情地講述起《董卓之亂》中一些精彩情節的構想，眼中閃爍著興奮的光芒。我一面仔細聆聽，一面提出點滴見解供他參考。時過午夜，滅燈上床，討論還持續了個把小時。這一難忘的劍閣之夜，化入了我贈給劉徵泰的一首詩：

未曾謀面先有情❶，申江遠承錦水萍❷。
思接千載融眾史，筆生五色繪群英。
論文手攬涪城月，談藝頭枕梓山星。

難忘劍門說董呂，午夜燈火聽雞鳴。

【注釋】

❶早在一九八七年，我就曾向中央電視台推薦劉徵泰為電視連續劇《三國演義》編劇。直到一九八九年在上海參加《三國演義》電影創作研討會，我們才見面相識。

❷劉徵泰原籍成都，客居上海。

2 十年磨一劍

——《三國》改編的三大藝術工程（上）

自八十年代初以來，各個藝術品種的改編《三國》之作聯翩而來，爭奇鬥豔，令人目不暇接，為持續不衰的「三國熱」增添了許多活力。其中，最具有藝術史意義的，首先當推我所說的「三大藝術工程」——四川人民廣播電台的一〇八集廣播連續劇《三國演義》，中央電視台的八十四集電視連續劇《三國演義》，上海華夏影業公司的十部系列電影《三國演義》。在各自的領域裡，它們的規模都堪稱「中國之最」。

我有幸在不同程度上介入或接觸了這「三大藝術工程」的創作。這裡略述若干印象，以餉讀者。

■最先問世的廣播連續劇《三國演義》

我之所以一開始就談到廣播連續劇《三國演義》，倒不單純因為它是我們四川的作品，主要還是由於在「三大藝術工程」中，它不僅最早起步，而且最先完成。

早在一九八二年，四川人民廣播電台就開始了把古典文學名著《三國演義》改編為廣播劇的嘗試。理由當然是非常充足的：《三國演義》以劉蜀集團為「正統」，大部分篇幅寫的是蜀漢興亡，最鮮明感人的藝術形象是諸葛亮、劉關張、趙雲等蜀漢英雄，它對四川的社會心理、風俗民情、文學藝術的影響極其廣泛，又極其深刻，歷來是四川「龍門陣」的重要題材。身為四川的廣播工作者，怎麼能不好好繼承這一優秀文化遺產呢？作為第一步，他們首先選取《三國》中最精彩的片段進行改編。於是，故事家喻戶曉，又有戲曲可資借鑑的《孫劉聯姻》由富有廣播劇創作經驗的川台文藝部副主任畢璽寫成了，通過立體聲錄製，於一九八〇年國慶期間播出，受到聽眾的好評，取得了初戰的勝利。

當時，川台的大體設想是：採用廣播系列劇的形式，將《三國演義》全書分為若干單元，每個單元製作一部廣播劇。至於全書究竟分為多少單元，全劇究竟包括多少部，每部又包括幾集，則未及考慮。這樣，製作起來固然比較靈活，但很可能出現各部輕重失衡，內容重複，前後矛盾，有的重要情節遺漏等問題。為此，我鄭重建議，將「廣播系列劇」改稱「廣播連續劇」，制定完整的規劃。這一建議被接受後，畢璽先生和我經過反覆商量，把全劇劃分為二十八部，共一〇八集。這就是：1《桃園結義》（三集）；2《董卓亂漢》（三集）；3《巧計連環》（三集）；4《三讓徐州》（三集）；5《移駕許都》（三集）；6《呂布之死》（三集）；7《衣帶密詔》（四集）；8《辭曹歸漢》（七集）；9《官渡之戰》（三集）；10《馬躍檀溪》（三集）；11《三顧茅廬》（三集）；12《劉備攜民》（四集）；13《赤壁大戰》（七集）；14《巧奪荊州》（三集）；15《孫劉聯姻》（四集）；16《馬超興兵》（三集）；17《入主益州》（六集）；18《單刀赴會》（三集）；19《智取漢中》（三集）；20《敗走麥城》（五集）；21《彝陵之戰》（五集）；22《七擒孟獲》（五集）；23《街亭之戰》（四集）；24《奇襲陳倉》（三集）；25《計勝司馬》（三集）；26《鞠躬盡瘁》（四集）；27《姜維伐魏》（四集）；28《三分歸晉》（四集）。要實現這一雄心勃勃的規劃，自非易事。單就經費而言，每集廣播劇的開支，開始只有三〇〇多元（人民幣），後來才增加到五〇〇多元，如此之少，簡直令人難以置信；然而，即使按照這樣的低標準，全劇也需要好幾萬元。為了落實這筆經費，有關人員四處奔走，省廣電廳、省電台的領導幾經磋商，總算保證了基本需要。此外，各種各樣的困難接踵而來，這裡無法一一敘述。在克服困難的艱苦歷程中，創作幾起幾落，蹣跚前進，直到一九九一年四月才播出九部四十二集。此後，川台集中力量，加快步伐，在對全部劇本統一進行修改的基礎上，從一九九二年起，將全劇拉通錄製，到一九九三年底，終於全部完成。至此，已經足足耗費了十年的漫長時光！

在長達十年的創作過程裡，廳、台領導的決斷與支持，創作人員的奮力拚搏，技術人員的精心製作，都有許多值得稱道之處，而尤為令人感動的則是藝術家們的高風亮節。參加廣播劇的創作，報酬極低，而且遠遠不像影視那樣受人關注，易於成名，基本上是盡義務。可是，許多藝術家卻不講價錢，不計得失，滿腔熱情，樂於奉獻，表現出強烈的事業心和責任感。著名作家席明真、徐棻、文辛等，欣然接受編寫劇本的任務，反覆推敲，幾易其稿，拿出了有韻味、有文采的本子。著名表演藝術家孫濱、楊次禹等，不問寒去暑來，不管工作多忙，總是隨請隨到，認真演播，而且積極想辦法，出主意，並一再為廣播劇大聲疾呼，尋求支持。四川人民藝術劇院的歷屆領導，與省電台密切合作，每次都派出精兵強將參加演播；全劇拉通錄製時，院長席旦、副院長吳德恩親自帶隊，一直堅持到最後。導演楊汝誠、徐曉蘇精心設計，兢兢業業，付出了辛勤的勞動。最辛苦的可能要算畢璽：作為劇本策劃、主要作者和責任編輯，他寫得最多，想得最多，也跑得最多。整整十年，他把全部精力都獻給了《三國》廣播連續劇。有段時間，他辦了退休手續，尚未返聘，辦事未免有點「名不正，言不順」；但他頂住困難，一如既往地堅持工作。年過花甲的他不會騎車，有事只好擠車或步行，為了找作者，請演員，不知多少次奔走於烈日寒風之中。正是這點誠心，感動和團結了各位同仁……。

我們中國《三國演義》學會自成立之初，就全力支持廣播連續劇《三國演義》的創作。十年來，我們堅持不懈地為之審閱劇本，獻計獻策，宣傳評介，幫助它擴大影響，參與國際交流；即使在最困難的時候，仍然旗幟鮮明，毫不動搖。學會顧問李希凡先生、常務副會長譚洛非先生和我都被聘為全劇的總顧問。在這宏大的藝術工程的建設中，我們也付出了自己的心血。

從一九九三年十二月到一九九四年四月，廣播連續劇《三國演義》首次全部播出。通過各方面的通力合作，中國廣播劇發展史上的這一空前壯舉，四川當代文藝史上的這一挺拔豐碑，終於畫上了一個圓滿的句號。當然，它還將不斷播出，它的影響還會綿延不絕。親愛的讀者，願你有機會跨入這座藝術殿堂，一覽其瑰麗風光。

3 三國烽煙現熒屏

——《三國》改編的三大藝術工程（中）

當今時代，在眾多傳媒中，影響最大，最易發揮導向作用的，可能要算電視。這就難怪，在《三國》改編的三大藝術工程中，波及面最廣，輿論界也最重視的，便是最引人注目的電視連續劇《三國演義》。

關於電視連續劇《三國演義》，可作的文章很多，這裡只談一點我個人接觸它的情況。

我最早接觸《三國》電視劇，是在一九八七年。那年十月，中央人民廣播電台的袁楓女士（她是風靡全國的袁闊成評書《三國》的責任編輯）突然寫信給我，說中央電視台打算拍攝電視連續劇《三國演義》，問我是否願意擔任責任編輯，並要我推薦作者。作為一個《三國》研究者，我對此自然感到十分高興，當即回信表示支持，並推薦了一位擅長歷史題材創作的青年作家。當時已有一家省級電視台決定拍攝電視連續劇《三國演義》，而且已經寫出劇本，還給我加了一個「劇本文學編審」的頭銜。我在信中鄭重提出這個問題，希望能夠妥善地做好協調工作。後來，中央有關部門明確規定：《三國演義》這類國寶級的古典文學名著，不能擅自投拍，也不能與海外合資拍攝。這樣，實力最雄厚的中央電視台兼備天時、地利、人和，理所當然地成為這一重大題材的改編攝製者。幾年以後，總導演王扶林先生告訴我：一九八七年，由他執導的電視連續劇《紅樓夢》同時在中央電視台和香港亞洲電視台播出，在海內外引起轟動，掀起了一股「《紅樓夢》熱」；隨後推出的電視連續劇《西遊記》，也獲得了相當大的成功。因此，緊接著拍攝電視連續劇《三國演義》，實為必然之勢。

一九九〇年九月，我們在四川綿陽市舉行「《三國演義》與中國文化學術討論會」（全國第六屆《三國演義》學術討論會），袁楓女士專程趕到綿陽，找我商討電視連續劇《三國演義》的分集問題。會議期間，我們利用晚上的休息時間反覆討論，會議結束後又研究了半天。原先的設想是拍攝七十集，在商討過程中，我向袁楓女士提出，可能需要拍攝八十集才行。她認為有理，要我提供一個書面意見。於是，回到成都以後，我設計了一個八十集的分集目錄，盡快寄給了袁楓女士。中央電視台大體上接受了這個分集目錄，當然也作了一些修改。

對於電視連續劇《三國演義》，廣播電影電視部和中央電視台是十分重視的，不僅成立了以廣電部副部長王楓先生為首的領導小組，而且組成了強大的創作班子：總導演王扶林，導演蔡曉晴、張紹林、孫光明、張中一、沈好放，均為名聞遐邇的優秀藝術家；編劇杜家福、朱曉平、劉樹生、葉式生、周鍇、李一波，均為有成就的中青年作家。他們首先花大力氣抓全劇的基礎——劇本創作，每一集劇本都作了多次修改，僅打印本就有「白本」（內部傳閱本）、「黃本」（徵求意見本）、「紅本」（定稿本）三種。同時，他們非常注意聽取專家學者的意見。我就先後收到了這三種本子，每次都認真閱讀，並將發現的問題寫信告知同我聯繫的先生。據說，這些信都被複印多份，分送有關領導和各位編劇，供其參考。事實上，有些意見也的確被採納了。例如，劇本第一集《桃園結義》中的「怒鞭督郵」這一情節，作者開始誤把督郵混同於後代的「欽差大臣」，劇本中有「督郵大人奉天子明詔」之類語句；我指出，督郵並非皇帝派出的大官，僅係太守屬官，每郡設一二人或三五人，分部督察本郡官吏，其官品並不高，有關描寫應作修改。又如，這一情節中稱張飛為「張將軍」；我指出，此時張飛地位還相當低（第五集寫十八路諸侯討伐董卓時，他尚為「步弓手」），手下和百姓不應稱他為「張將軍」，建議改為「張爺」。對此，編劇都欣然接受。據我所知，我們中國《三國演義》學會的顧問李希凡、何滿子，正副會長劉世德、譚洛非、陳遼、胡世厚、李悔吾，研究骨幹陳翔華、周強、譚良嘯等先生，以及其他一些研究三國文化的學者，或閱讀劇本，或參加座談，提出了許多好的意見和建議，給予編劇、導演們不小的幫助。

當然，學者們的看法也常有不一致的時候。比如，關於全劇的名稱，一些學者堅持主張劇名應當叫《三國志演義》，主要理由是：《演義》取材於史書《三國志》，是「演」《三國志》之「義」。因此，「紅本」上打印的劇名就是「電視連續劇《三國志演義》」。為此，我在寫給王扶林先生的一封信中，明確指出：《三國志演義》的提法雖有一定道理，但劇名仍以《三國演義》為宜。第一，《三國演義》固然取材於史書《三國志》，但同時也承襲了民間三國故事和三國戲的內容，後者在很多地方的影響可能更大。說它就是「演」《三國志》之「義」，並不全面。第二，《三國志演義》與《三國演義》的含義確實不完全相等，但它們都不是羅貫中原作的名稱，而是在小說流傳的過程中出現的。前者見於明代周弘祖的《古今書刻》，相沿已久；後者則見於毛宗崗的《讀三國志法》，三百多年來更是深入人心：它們各自從一定角度反映了《三國》的特點，作為書名都是「合法」的。第三，中國古典小說研究的先驅魯迅先生，在談到《三國》一書時，有時稱之為《三國志演義》，有時又稱之為《三國演義》。可見在他的心目中，這兩個名稱都可以使用，並無高低之分，更無正誤之分，要不要那個「志」字，並非關鍵問題。第四，廣大民眾早已熟悉了《三國演義》這個書名，依據它改編的電視劇沒有必要強生分別。如果硬要把劇名改為《三國志演義》，一般觀眾反而不習慣。總之，劇名就叫《三國演義》，在學術上站得住腳，又為廣大觀眾所喜聞樂見。還有一些學者的看法與我相似。這一觀點，也被中央電視台接受了。

儘管以王扶林為首的藝術家們尊重學者們的意見，但我清醒地知道，電視連續劇《三國演義》的創作，歸根到底還得依靠藝術家們的創造性勞動；作為學者，我們只能起一些參謀和協助的作用，我們自身的使命仍然是研究作品。因此，我一直抱著這樣的態度：人家來找我，就作一個熱心朋友，積極發表意見；人家沒來找，則不必硬湊上去——這既是對藝術家選擇權的尊重，也是對自己的尊重，讓雙方都保持一種從容灑脫、自主進取的心態，更有利於事業的發展。

幾年來，我沒有到過《三國》電視劇的拍攝現場，對錄製的具體情況所知不多；不過，在與王扶林先生的聯繫中，我們仍不時探討一些有關問題。當我得到電視連續劇《三國演義》的宣傳畫冊，看到幾位導演的辦公桌上都放著我和譚良嘯先生編著的《三國演義辭典》，知道他們經常參考此書時，欣慰之情是不言而喻的。

4 電影：何日能圓三國夢

——《三國》改編的三大藝術工程（下）

近年來，與蓬勃發展、神采飛揚的電視業相比，電影業卻是處境困窘，愁雲重重。這種強烈的反差，在《三國》改編的三大藝術工程中也可以看到。這裡要說的便是——

■步履最艱難的系列電影《三國演義》

大約一九八三年前後，上海電影製片廠原廠長徐桑楚，與著名電影藝術家孫道臨一起，開始了系列電影《三國演義》的籌劃工作。徐桑楚，中國最優秀的電影組織家之一，上影廠榮獲百花獎、金雞獎、政府獎的好多部影片，如《從奴隸到將軍》、《巴山夜雨》、《天雲山傳奇》、《牧馬人》、《芙蓉鎮》、《高山下的花環》等等，都是在他任廠長期間攝製的；孫道臨，中國最優秀的電影藝術家之一，其精湛演藝和多方面成就早已為廣大觀眾所熟悉。這兩位在中國電影發展史上功勳卓著、聲名赫赫的人物，決心再度攜手，將他們多年喜愛的古典文學名著《三國演義》搬上銀幕，作為他們藝術生涯的一件具有里程碑意義的大事。這一宏大的構想，很快得到了許多藝術家的共鳴，也引起了國外電影界人士的注意，「三國熱」長盛不衰的日本方面更是表現出極大的興趣。

一九八四年，上影廠與日本電影界著名人士中澤啟作達成了中日合作拍攝系列電影《三國演義》的協議。當時計劃共拍六部，中日雙方各出一名導演、一名編劇。協議商定以後，雙方主創人員一起考察了部分三國遺蹟，雄心勃勃地準備大幹一場。不久，此事傳到了高層領導耳邊，領導同志提出：《三國演義》是國寶，不宜由中外合拍，還是由我們中國人自己來拍。於是，中日合拍之議宣告擱淺。由中方單獨拍攝，藝術上當然不成問題；然而，資金的籌集卻是一個大問題。就這樣，籌拍計劃拖延了幾年，有關報導極少看到，人們對這部電影史上罕見的巨作能否拍成也產生了疑慮。所以，當中央電視台一九八七年要我為電視連續劇《三國演義》推薦編劇的時候，我首先想到的就是系列電影《三國演義》原定的中方編劇劉徵泰。那時我和劉徵泰還不認識，只是覺得他辛辛苦苦地準備了劇本寫作，卻沒派上用場，實在可惜，希望能發揮他的優勢。

後來我才知道，徐桑楚、孫道臨他們並沒有放棄自己的目標，他們一直在積極地想辦法。在上影廠的大力支持下，他們組建了華夏影業公司，由徐桑楚出任總經理，長期在電影系統從事組織、外事工作的丁小逖任副總經理，孫道臨任藝術總監，著名電影藝術家、電影理論家張駿祥任藝術指導，專門負責系列電影《三國演義》的籌拍工作。這時，他們已經感到，原計劃拍攝的六部無法容納《三國演義》的主要精華，決定擴充為十部——這將是中國電影史上規模空前的宏篇巨製。經過一番努力，他們初步商定了導演、編劇的人選。導演：孫道臨、謝晉、吳貽弓、湯曉丹、王炎、凌子風、丁蔭楠、陳家林、于本正，全是第一流的名導演，幾乎都得過百花獎、金雞獎或政府獎；編劇：李准、葉楠、魯彥周、孫道臨、劉徵泰、孟森輝、斯民三、葉丹，全是擅長影視創作的大家或名家。如此強大的陣容，也是前所未有的，令關心《三國》電影的人們精神為之一振。

一九八九年九月，上海市文化發展基金會和華夏影業公司聯合召開了《三國演義》電影創作研討會。這是一次高層次的研討會。會議邀請對象主要是三部分人：系列電影《三國演義》的導演、編劇和專家學者。結果，九位導演有六位到會；八位編劇全部出席；專家學者共請了十一位，其中上海八位，包括章培恆、何滿子、朱維錚、黃霖等名家，外地三位，包括湖北的李悔吾先生、北京的常林炎先生和我。會議開得很活躍。久負盛名的藝術家們首先用一天時間認真聽取文史專家們的各種見解和建議，然後分別介紹自己的藝術構思、遇到的困難和知識上的不足，然後再是藝術家與專家學者的討論交流。討論相當深入，各方面的意見都發表得很充分。會上宣布了導演、編劇的分工，要求在一九九〇年內完成劇本，爭取一九九一年開拍。上海市的領導陳至立、陳沂、張瑞芳等出席了會議，熱情表示要盡力支持系列電影《三國演義》的創作。這次研討會，對《三國》電影的創作確實起了推動作用。會後，適逢中秋佳節，華夏影業公司設席慰問尚未離滬的李准夫婦和我。賓主舉杯對月，開懷暢談，對《三國》電影的創作寄予了很大的希望——當然，對於種種困難，我們也談得不少；但大家仍然祝願《三國》電影盡快開拍。一九九〇年十月，華夏影業公司又組織了「三國文化考察團」，以張瑞芳為顧問，徐桑楚為團長，孫道臨、丁小逊為副團長，專程考察湖北、四川的主要三國遺蹟，並為《三國》電影作些宣傳。考察團每到一處，都受到熱烈歡迎。在武漢，他們與上萬名大學生見面，其創作意圖得到廣泛的理解和支持。在四川，我作為臨時團員陪同他們考察了一週，親眼目睹了各地群眾爭相迎候考察團的動人情景。一路上，孫道臨先生總是和我坐在一起，不斷詢問與《三國》有關的各種問題，並就他的若干設想及考察途中所寫的詩徵求我的意見。這位公認為造詣很深、知識面很廣的藝術大家的嚴謹作風和謙遜美德，使我深受感動。這次考察取得了圓滿成功，大大地拓展了《三國》電影的影響，增強了主創人員的決心。分別之時，我滿懷激情地送給考察團諸同仁一首詩：

滬上初識中秋月，錦里再聚重陽天。
武侯祠內思昭烈，鹿頭山前弔士元。
漫說興衰蔣琬墓，縱論古今劍門關。
攜手共圓三國夢，文化史冊著新篇。

然而，幾年過去了，《三國》電影遲遲未能開拍，令人望眼欲穿。事情很明顯：關鍵在於資金困難。根據一九八九年的估計，平均每部影片至少需要一千萬元，全劇則至少需要一億元。電影沒有巨額的廣告收入作支撐，如此龐大的預算，任何一家製片廠都無法承擔；而按照中國目前的電影票價，要靠在國內放映來收回成本也很難。看來，唯一可行的辦法是通過預售版權等途徑來引進外資，要打入國際市場，在走向世界的過程中收回成本。不過，要引進這樣大筆的外資，又談何容易！幾年來，徐桑楚、孫道臨兩位先生和一些熱心人士四處奔走，脣焦舌敝，耗費了大量精力，引資問題仍未落實。在這磨人的交涉談判過程中，兩位先生的雙鬢增添了縷縷白髮，丁小逖同志壯志未酬，溘然長逝，令人喟然長嘆！

儘管困難重重，堅持不懈的努力仍在繼續。在頑強尋覓投拍《三國》電影之途的同時，他們利用多方收集到的大量資料，完成了十四集電視藝術片《三國夢》，由孫道臨主持，葉楠編劇，單子恩導演。這部電視片在上海和一些省市播出，很受觀眾好評。片名「三國夢」，頗有深意：既有對逝去的三國歷史的深沉思索，也有對拍攝《三國》電影的苦苦追求，可謂心之所繫，夢牽魂繞！

系列電影《三國演義》的籌拍歷程是漫長的，這是中國電影史上的一場悲壯的跋涉。前面的道路還有什麼荊棘？勝利的彼岸何時可以到達？現在還難以預料。這些可敬的藝術家們已經付出了很多心血，為了弘揚民族優秀傳統文化，為了創造一部無愧於世界的中國電影史詩，他們義無反顧，不計利鈍，虔誠而堅忍地跋涉著，跋涉著……。我衷心祝願他們的奮鬥能夠得到越來越多的關心、支持和幫助，從而盡快投入拍攝，衷心祝福他們大展鴻圖，好夢成真！

5 三晤王扶林

電視連續劇《三國演義》的總導演王扶林先生，是享譽國內外的優秀藝術家。近幾年來，我曾三次與他見面，每次都留下了深刻的印象。

對於王導，我仰慕已久，早在電視連續劇《紅樓夢》中便已領略過他那善於把握大題材大場面的藝術魄力和淳正優美的藝術風格，只是以往無緣拜會而已。自一九九〇年九月中央電視台派袁楓同志來徵求我對電視連續劇《三國演義》分集問題的意見以來，我就全劇的結構框架和劇本初稿接連提過若干意見和建議。大概是這引起了王導的注意，他想進一步聽取我的見解吧，所以在一九九一年十月分別請他的助手朱燕平和中國《三國演義》學會會長劉世德先生帶口信給我，想和我好好談一談。能有機會認識他，我當然是非常願意的。就在這年十一月，在「中國四川國際三國文化研討會」上，我第一次見到了王導。一見面，他那端重平和的風度就吸引了我：上身一件灰色的夾克，下穿一條黑色的長褲，裝束極其普通；寬寬的額頭下，眼睛明亮，神態安詳，毫無故作瀟灑的浮躁之氣，更無功成名就的驕矜之色。這一切，簡直不合某些人心目中的大導演的「派頭」，倒更像一位諄諄學者。我們討論了《三國演義》改編的基本原則，探討了幾個主要人物的性格特徵；在考查川北三國遺蹟時，他又屢次向我詢問一些具體問題，如劉備奪取益州的進軍路線，綿竹雙忠祠的來歷，德陽龐統墓的真偽，綿陽蔣琬墓的沿革，劍門關的興廢等等。整個研討會期間，他仔細聽取了中外學者的發言，並同許多學者進行了交談。事後我了解到，自從受命出任電視連續劇《三國演義》總導演以後，他除了反覆精讀《三國演義》之外，還認真研讀了《三國志》等有關史籍，諮詢過不同方面的專家，我和譚良嘯先生編著的《三國演義辭典》，他也經常查閱。真是一位虛懷若谷的藝術家！

一九九二年三月，為了籌拍「七擒孟獲」這個情節單元，王導來到西南地區考查，我們又一次見面了。根據他的要求，我們約請幾位三國文化專家進行座談，著重討論有關「七擒孟獲」的若干問題，提出了一些很好的意見和建議。例如：有的專家介紹了蜀漢南中地區的基本情況；有的專家介紹了諸葛亮南征的進軍路線和涼山彝族歷史博物館的情況，建議王導前去看看；有的專家介紹了關於「七擒孟獲」地點的幾種說法，等等。王導聽得連連點頭，又問道：「書中的『洞』

是怎麼回事？怎麼會『洞中有山』，山中又建宮殿樓台呢？」對此，任昭坤同志解釋道，這裡的「洞」不是山洞，而當作「峒」，是元明時期對某些少數民族聚居區的稱呼。我也補充說，在我的《校理本三國演義》中，對這個「洞」字已經作了注釋。王導高興地說：「這下可解決大問題了！我們還正愁找不到這麼一個大山洞，可以在裡面蓋宮殿呢！現在就好拍攝了。」這個「洞」字，不知有多少人一晃而過，渾然不覺；不知有多少人僅憑「想當然」來錯誤理解。換一個導演，也許會覺得「不成問題」而亂拍一氣，也許會因為「不好理解」而悄悄避開；而王導卻憑著細緻的作風和「每事問」的精神，發現並解決了這個看似細小實則關係甚大的問題，不僅避免了可能相當巨大的浪費，而且有助於正確的改編原著。會後，王導又奔赴西昌、雲南，跋涉於深山激流、偏遠村寨，為「七擒孟獲」找到了富有南疆特色，便於營造特定歷史氛圍的外景地。據說這個外景地生活條件很差，交通很不方便，但為了追求藝術真實，王導還是選中了它。真是一個嚴謹求實、甘於吃苦的藝術家！

一九九四年八月下旬，在無錫舉行了「《三國演義》暨電視連續劇《三國演義》國際研討會」。會前我曾與王導相約在無錫第三次見面，可惜我因病未能前往，這次見面便推遲到九月下旬。這一次，為了參加電視連續劇《三國演義》文學劇本及「三國文化．傳統與現代」叢書首發式，王導率領編劇葉式生、周鍇、劉樹生和主要演員唐國強（演諸葛亮）、孫彥軍（演劉備）、陸樹銘（演關羽）、鮑國安（演曹操）等人來到成都。此時，八十四集電視連續劇《三國演義》已經全部完成，並在無錫《三國》研討會上受到國內外專家的普遍好評，新聞界也把這部作品視為大熱門，王導一行剛剛抵達武侯祠，前來採訪的記者便絡繹不絕。然而，王導依然是一身便裝，樸實無華；他的神色依然是那麼平和。有記者問：「不少專家認為電視連續劇《三國演義》氣勢恢宏，既忠實於小說原著，又有所深化開拓，稱得上是藝術精品。您是怎麼看的？」王導平靜地說：「我現在還不能說這部作品是否取得了很大的成功，只能說我們已經盡了自己最大的努力。至於它是不是精品，還得由廣大觀眾來評定。」談到《三國》電視劇的拍攝，他首先肯定了廣播電影電視部的全力支持，不然，這部歷時整整四年，耗資幾千萬，參加拍攝的專業和群眾演員多達四十萬人次（這幾點均為中國電視之最）的巨製是根本無法完成的。至於具體的創作過程，他稱讚幾位編劇的劇本寫得好，稱讚幾位執行導演的精心設計和辛勤工作，稱讚幾位主要演員的勤奮努力和刻苦鑽研，稱讚工作人員們的犧牲精神，卻很少提到他自己。其實，在長達四年的艱苦奮鬥中，他無疑是操心最多、貢獻最大的一個：為了搞好一劇之本，他要聽取各方面的意見，綜合取捨，參與定稿；在幾個攝製組分頭攝製，千軍萬馬同時運作的情況下，他要進行總體調度；在幾位氣質不一，又都很有成就的執行導演中，他要隨時磋商、協調，以便保持全劇風格的大致統一；對於性格、修養各不相同的演員，他要密切關注，不斷予以指導和幫助；此外，還不時會有這樣那樣的問題冒出來，需要及時解決……。在這將近一千五百個日日夜夜中，經商大潮風起雲湧，娛樂片市場花樣翻新，金錢的魔力弄得許多人暈頭轉向；王導和他的同伴們卻團結一致，全力以赴，潛心創作，精心構築一座宏偉的藝術殿堂；他本人更是殫精竭慮，為確保這部巨片的高質量而嘔心瀝血。作為大名鼎鼎的全國影視十佳導演之一，他執導《三國》電視連續劇，每集的報酬只有兩百多元，比之某些「歌星」，簡直微乎其微。對此，他淡泊處之，毫不在意。他多次說：「我拍《三國》，為的是普及古典文學名著，弘揚民族優秀傳統文化。」言必信而行必果，他實實在在地做到了，不愧為真正獻身於藝術的優秀藝術家！

這次見面，我對王導說：「中國的四大古典小說名著，影響面最廣的是《三國演義》，藝術性最高的是《紅樓夢》。這兩大名著改編的電視連續劇都由您執導，而且都達到了較高的思想藝術水準，都受到國內外的廣泛關注，這就值得終生自豪了。」王導莞爾一笑：「我的運氣不錯，天時、地利、人和全都具備了。」依然含蓄，依然平和，言雖簡而意無窮。是的，抓住天時、地利，搞好人和，充分發揮自己的創造才能，為弘揚民族優秀傳統文化而不斷譜寫華章，這就是王導——一個具有大家風範的真正藝術家！

6 為什麼以「魏、蜀、吳」稱三國？

——《三國》電視劇十三問之一

電視連續劇《三國演義》每一集的片頭都有以「魏」、「蜀」、「吳」為標誌的一隊隊旌旗，象徵三國鼎立。以「魏、蜀、吳」指稱三國，人們早就習以為常；但為什麼這樣稱，卻是許多人沒有想過的。

在三國中，「魏」指由曹操奠基、曹丕建立的魏國；由於歷史上以「魏」為國號的政權有若干個，後人為了便於區別，故稱之為「曹魏」。「吳」指由孫權建立的吳國；由於歷史上以「吳」為國號的政權也不止一個，後人為了便於區別，故稱之為「孫吳」。這兩者都很清楚，不必多說；而「蜀」的問題則比較複雜。兩漢三國時期，「蜀」不是國名，而是地區名：它既可與「巴」對舉，指益州西部地區（「巴」則指益州東部地區）；又可代指整個益州。劉備建立的政權，其國號並不是「蜀」，而是「漢」。作為漢室宗親，他針對曹丕的篡漢自立，把自己建立的政權稱為「漢」，表示劉氏政權繼續存在，以便強調自己的合法性，達到爭取人心，共討曹魏的目的。因此，劉備、劉禪及其部屬都自稱「漢」或「大漢」。當時並立的另外兩個國家，吳國開始與劉備對抗，故稱之為「蜀」，表示不承認其合法性，後來兩國恢復同盟關係，吳國又稱之為「漢」；魏國一直不承認劉備政權的合法性，故從不稱之為「漢」，而一直稱之為「蜀」。史書《三國志》的作者陳壽身為晉臣，不得不以魏為正統，因而也用「蜀」來代稱劉備政權。到了北宋司馬光的時代，已經無此顧忌，所以《資治通鑑》按照史實，稱劉備政權為「漢」，稱劉備、劉禪為「漢主」，稱其軍隊為「漢軍」。由於歷史上已有西漢（前漢）、東漢（後漢），後人為了便於區別，就把劉備建立的政權稱為「蜀漢」，又進一步省稱為「蜀」。

由此可見，後人可以用「蜀漢」或「蜀」來稱呼劉備政權，以「魏、蜀、吳」來稱三國；但這畢竟只是後代的習稱，劉備集團自身則只能稱為「漢」。所以，電視中劉備方面旗旗上的「蜀」字不對，應當改為「漢」字。

7 為什麼張角要以「黃天當立」為號召？

——《三國》電視劇十三問之二

電視連續劇《三國演義》第一集就寫了爆發於漢靈帝中平元年（公元一八四年）的農民大起義。數十萬農民在張角兄弟的率領下，頭裹黃巾，手執黃旗，高呼「蒼天已死，黃天當立」的口號，給腐朽的東漢王朝以沉重的打擊。

為什麼張角要以「黃天當立」作口號呢？這是秦漢以來流行的「五德終始」學說的反映。戰國時期，陰陽家鄒衍對春秋以來盛行的以金、木、水、火、土五種元素來解釋世界的「五行」說加以改造引申，創立了「五德終始」說。他認為，人類社會的歷史是按照「土、木、金、水、火」的順序而興革演進的。這是一種典型的歷史循環論。在那群雄並立、百家爭鳴的戰國時期，「五德終始」說只不過是眾多學說中的一種，而且隨意性很大，漏洞頗多。秦始皇統一全國後，為了鞏固封建大一統的秩序和一家一姓的天下，採取了一系列措施，其中之一便是接受鄒衍的「五德終始」說，自稱秦得天命，代表水德；由於水德屬北方，所以「衣服旄旌節旗皆上黑」（上黑，崇尚黑色）。統治階級的思想就是社會的統治思想，儘管秦王朝是一個短命的王朝，卻使「五德終始」說極大地影響了社會的各個階層。漢王朝建立後，為了充分肯定自己統治的合法性，又自稱代表火德，應當繼秦朝統治天下。由於火德屬南方，所以崇尚紅色。從此，劉邦被神化為「赤帝之子」，漢朝被稱為「炎漢」，紅日也被視為漢朝的象徵。在《三國演義》中，這類詞語便多次出現。漢王朝的長期統治，使「五德終始」說更加深入人心。張角作為下層知識分子，既受到「五德終始」說的影響，又要利用它充當自己的思想武器。他提出「黃天當立」，是因為黃色代表土德，就是說火德（漢朝）將終，土德將繼之而興。這就明確宣告：他領導的農民起義，不僅是要求生存，而且是要推翻漢王朝，取而代之。

有趣的是，靠鎮壓黃巾起義而起家的曹魏、孫吳兩大集團，也念念不忘那個「黃」字。曹丕稱帝，年號為「黃初」；孫權封吳王後，使用「黃武」年號，稱帝後的第一個年號又是「黃龍」。他們都把自己打扮成土德的代表，為的是理直氣壯地代漢而立。這都表現出「五德終始」說的鮮明印記。

8 為什麼要寫「孟德獻刀」和「殺奢」？

——《三國》電視劇十三問之三

電視連續劇《三國演義》第四集《孟德獻刀》，主要寫了「孟德獻刀」、「捉放曹」、「殺奢」這三個精彩的情節。

查史書《三國志》，根本不見「孟德獻刀」的蹤影。《三國志‧魏書‧武帝紀》僅云：「（董）卓表太祖為驍騎校尉，欲與計事。太祖乃變易姓名，間行東歸。」裴松之注引王沈《魏書》也只是說：「太祖以（董）卓終必覆敗，遂不就拜，逃歸鄉里。」意思很清楚：曹操是因為不願與董卓同流合污，而且料定董卓終將失敗，所以避開了董卓的舉薦，悄悄返回家鄉以圖另舉，並沒有謀刺董卓。關於「殺奢」，《三國志》沒有提及，裴注引了三條與此有關的資料：一是王沈的《魏書》，說曹操經過呂伯奢家，伯奢不在，其子與賓客企圖搶奪曹操的馬匹和財物，被曹操殺死數人；二是郭頒的《世語》，說曹操經過呂伯奢家，伯奢出行，其五子皆在，以禮相待，曹操卻懷疑他們要謀害自己，當夜殺死八人而去；三是孫盛的《雜記》，說曹操聽見呂家的食器聲，以為人家在拿刀動杖，要來謀害自己，便將他們殺死，「既而淒愴曰：『寧我負人，毋人負我！』」相比而言，後面兩條比較可信，第三條尤為傳神；但它們都說曹操到呂家時，呂伯奢本人不在，自然也就沒有被殺。由此可見，「孟德獻刀」純屬虛構，「殺奢」也有一半是虛構。

那麼，為什麼《三國演義》要這樣寫呢？作品虛構「孟德獻刀」這一情節，從「眾官皆哭」、束手無策的惶惑與曹操「撫掌大笑」、主動請纓的對比中，表現曹操超乎常人的雄豪氣概；從借刀——拔刀——獻刀的情節發展中，表現曹操驚人的膽大和機敏，從而突出他「英雄」的一面。作品虛構「殺奢」這一情節，則突破史書關於曹操誤殺好人的記載，描寫他明知錯了還要故意殺害善良的呂伯奢，並悍然宣稱「寧教我負天下人，休教天下人負我。」這就大大突出了曹操奸惡狠毒的一面。這兩個情節緊密銜接而又急劇轉折，大起大落，將曹操既雄才大略又極端自私的「奸雄」形象刻畫得入木三分。電視劇發揮自身的優勢，對此更是表現得淋漓盡致。

9 為什麼寫貂蟬「化做了一片白雲」？

——《三國》電視劇十三問之四

電視連續劇《三國演義》第七集《鳳儀亭》寫到董卓被殺後，呂布迫不及待地趕到郿塢去接貂蟬，在呂布縱馬急馳與貂蟬倚門懸望的交替畫面中，響起了纏綿悱惻的歌聲，其中唱道：「從今後，再不見兒的身影，再不聞兒的聲音。貂蟬已隨清風去，化做了一片白雲……」這是編導對貂蟬結局的極具匠心的處理。為什麼要這樣做？

在有關的文章裡，我曾說明，貂蟬並非歷史上實有的人物，而完全是宋元以來通俗文藝虛構的形象。羅貫中對元雜劇《錦雲堂美女連環計》和《三國志平話》的情節和人物關係作了創造性的改造，把貂蟬寫成一個襟懷高尚、忍辱負重的奇女子，突出了她的美麗、聰明、機警，使之成為一個優美動人的藝術形象（參見《賞味三國》第一部分〈貂蟬形象的演變〉一文）。然而，在誅滅董卓之後，羅貫中再也沒有為貂蟬花費什麼筆墨，只在兩處略為提及：一處是第十九回陳宮建議呂布領兵切斷曹軍糧道，貂蟬卻勸阻道：「將軍與妾作主，勿輕騎自出。」口氣與平庸的嚴氏如出一轍，全無奇女子的見識。另一處是第二十回曹操平定徐州後，「將呂布妻女載回許都。」（嘉靖本《三國志通俗演義》及《李卓吾先生批評三國志》作「將呂布妻小並貂蟬載回許都」。）毛宗崗在此處不無遺憾地評曰：「自此之後，不復知貂蟬下落矣。」對此，人們很不滿足，於是各出心裁，為貂蟬編造了種種結局，所謂「關公月下斬貂蟬」和貂蟬與關羽相愛，但為顧全關羽的名聲而自盡，便是很有代表性的兩種。這些描寫，建立在誤解史書的基礎上（《三國志・蜀書・關羽傳》裴注提到關羽欲娶呂布部將秦宜祿之妻杜氏，卻被曹操搶先佔有；元、明兩代一些人讀書不細，誤以為是「欲娶呂布之妻」，進而誤為「欲娶貂蟬」），內容上也有這樣那樣的缺陷。《三國》電視劇的編導卻另闢蹊徑，通過畫面與插曲的配合，對貂蟬的結局加以虛化處理，維護了人物形象的完整與美感，給觀眾留下想像和回味的餘地，實為成功之筆。

10 為什麼稱陶謙為「府君」？

——《三國》電視劇十三問之五

電視連續劇《三國演義》第八集《三讓徐州》中的陶謙，一直被稱為「府君」。這是劇中一個明顯不當之處。早在諸侯討伐董卓時，陶謙已為徐州刺史；曹操攻打徐州之前，陶謙已升格為安東將軍、徐州牧，封溧陽侯。按照漢代習慣，刺史或州牧尊稱「使君」，而「府君」則係太守的尊稱（東漢末年，州的長官為刺史或州牧，每州轄幾個郡、國；郡的長官則為太守）。劉備之所以被稱為「使君」，就是因為他後來任過豫州刺史、豫州牧（州牧規格略高於刺史）。因此，對陶謙的尊稱應為「使君」，也可稱為「將軍」或「君侯」。《三國志・魏書・陶謙傳》注引韋昭《吳書》寫到陶謙死後，張昭等人寫的悼詞的開頭便是「猗歟使君，君侯將軍」。

為什麼《三國》電視劇會把陶謙的尊稱弄錯呢？這要歸因於小說《三國演義》敘述中的錯誤

。《演義》第五回寫十八路諸侯討董卓時，稱陶謙為「徐州刺史」，這是對的；但到第十回，又稱陶謙為「太守」，這就錯了。既然把徐州牧陶謙誤為「徐州太守」，那麼，稱陶謙為「府君」的錯誤也就不奇怪了。這種牛頭不對馬嘴的稱呼，並非羅貫中出於藝術描寫的需要而有意為之，而是來源於《三國演義》成書過程的知識性錯誤。如果進一步追根溯源，則是因為從隋代起，州的地位降低，與郡相等，刺史與太守也成了一個等級；宋元以來的「說話」藝人和通俗文藝作者對這一重要的歷史變遷不大明白，往往把漢代的州與郡、刺史與太守混為一談，造成許多職官混稱的錯誤。《三國演義》也沿襲了一些這樣的錯誤，稱陶謙為「徐州太守」就是很有代表性的一例。《三國》電視劇的編導一時不察，也跟著錯了。這雖不是大問題，一般觀眾也不一定注意，但畢竟還是不應有的錯誤；它不僅與第五集《三英戰呂布》對陶謙的介紹不一致，而且與全劇對其他州級長官的稱呼相矛盾，聽起來多少有些彆扭。

11 為什麼「割髮代首」有那麼大的震懾力？

——《三國》電視劇十三問之六

電視連續劇《三國演義》第十一集《宛城之戰》寫曹操再次出兵征伐張繡時，正值麥熟季節。為了爭取人心，他下令不准踐踏麥田，違令者斬；偏偏他自己的戰馬卻突然受驚，踏壞了一塊麥田。在這極其尷尬的情況下，他毅然割下自己的頭髮，代替斬首，號令三軍。頓時，全軍震懾，人人謹遵命令，有效地爭取了民心。

為什麼曹操割髮代首有那麼大的震懾力？首先，他令出法隨，執法如山，敢於「逗硬」。作為全軍最高統帥，他當然不可能將自己斬首，「拔劍自刎」確實是一種姿態；然而，在不可能自殺的前提下，他堅持處罰自己，並當機立斷，割髮代首，這仍然是對所謂「法不加於尊」（按：「法」當作「罰」）的「《春秋》之義」的大膽挑戰，表現了一個封建政治家罕見的魄力和勇氣。這就明確昭示全軍：任何人違犯了命令都不能例外。毛宗崗把「割髮代首」也斥為曹操的奸詐，未免帶有偏見，如果硬要曹操自殺，豈不是太幼稚了嗎？試問，在幾千年的傳統社會裡，敢於懲罰自己的最高統治者又有幾人？

其次，古代華夏族認為「身體髮膚，受之父母」，長期保持蓄髮的傳統，因而割去一個人的頭髮是一種相當嚴重的懲罰，是很大的恥辱；所謂「髡刑」，就是剃去犯人的頭髮。《三國演義》就寫到，袁紹死後，其妻劉夫人出於嫉妒心理，將其寵妾五人全部殺害，還怕其陰魂在九泉之下與袁紹相見，又「髡其髮，刺其面，毀其屍」（第三十二回）；蜀中智士彭羕因為觸犯了劉璋，也被處以髡刑（第六十三回）；東吳鄱陽太守周魴詐降曹魏大司馬曹休時，又曾割髮為誓（第九十六回）。於是，珍惜頭髮成為一種得到普遍認同的、穩固的民族心理，以至到了明朝滅亡，清兵入關時，是否堅持蓄髮竟成了是否堅持民族氣節的重要標誌；而滿清王朝為了征服漢族，瓦解漢族人民的反抗意志，則兩度頒布「剃髮令」，強迫漢人剃髮，以此表示歸順，稍有不從便砍頭示眾，這就是所謂「留頭不留髮，留髮不留頭」的野蠻政策。當然，經過清朝二百六十八年的長期統治，經過滿、漢族的彼此融合，特別是經過近百年來的巨大社會變革，社會心理已經發生了深刻的變化，蓄髮與否已經不再具有民族色彩和政治意義。但我們至少可以了解，在曹操那個時代，一個聲名赫赫的最高統帥要當眾割去自己的頭髮，以示懲罰，是多麼不容易。這樣，全軍將士怎麼能不受到極大的震懾？又有誰還敢以身試法呢？

12 為什麼袁紹要派淳于瓊看守烏巢？

——《三國》電視劇十三問之七

在電視連續劇《三國演義》第二十一至二十二集《官渡之戰》中，決定袁、曹勝負的關鍵一戰是夜襲烏巢。曹操果斷採納許攸之計，親自領兵出擊，隨機應變，固然是獲勝的一方面的原因；而袁紹派遣好酒貪杯的淳于瓊看守烏巢，疏於防備，則是另一方面的原因。本來沮授已經提醒過袁紹：「那淳于瓊嗜酒如命，縱飲無度，無思無謀，整日爛醉如泥。如此昏庸無能之輩，怎能當此大任！」袁紹卻聽不進去，這是為什麼？

原來，問題在於淳于瓊是袁紹的老關係、親信。據《後漢書・靈帝紀》，中平五年（公元一八八年），為了鎮壓各地復起的黃巾軍，建立西園軍，置八校尉，時稱：「西園八校尉」。另據李賢注引樂資《山陽公載記》，這八校尉是：「小黃門蹇碩為上軍校尉，虎賁中郎將袁紹為中軍校尉，屯騎校尉鮑鴻為下軍校尉，議郎曹操為典軍校尉，趙融為助軍左校尉，馮芳為助軍右校尉，諫議大夫夏牟為左校尉，淳于瓊為右校尉。」蹇碩為其統帥。至少從這時起，袁紹與淳于瓊已是同僚。漢靈帝死後，董卓進京，天下大亂，群雄割據，淳于瓊又成為袁紹的部下。有此淵源，二人的關係自然非同一般，袁紹把淳于瓊視為心腹也不奇怪。在歷史上的官渡之戰中，袁紹命淳于瓊等率兵萬人迎護運糧車隊，宿於烏巢；沮授曾建議派蔣奇另率一軍為側翼，以防曹操襲擊，袁紹卻沒採納。結果，曹操奇襲烏巢，淳于瓊戰敗被俘，被割去鼻子。曹操與他也是老相識，問他道：「何為如是？」淳于瓊答道：「勝負自天，何用為問乎！」態度頗為強硬。曹操不想殺他，但許攸說：「他已被割去鼻子，明天一照鏡子，會更恨你的。」曹操這才把他殺掉。《三國演義》把淳于瓊寫成一個嗜酒如命的傢伙，護糧毫不經心，以致誤了大事；電視連續劇《三國演義》把這一點表現得更為形象，寫他未及抵抗便成了俘虜，被放回後，袁紹下令將他放進酒缸，「讓他喝個夠！」作為藝術虛構，這樣寫是完全可以的，藝術效果也是很好的。可惜的是，羅貫中沒有注意到袁紹與淳于瓊的特殊關係，電視劇的編導們也沒有想到這一點，無意中放過了一個「戲眼」。如果順著小說和電視劇的思路，對這種關係略加點染，那麼，袁紹的任人唯親、賢愚不辨，淳于瓊的恃寵而驕、滿不在乎，都可以表現得更加深刻；曹操抓到淳于瓊之後的戲可以處理得更加精彩。這樣，總體藝術效果也許會更好。

13

「荊州城」在哪裡？

——《三國》電視劇十三問之八

電視連續劇《三國演義》第二十四集《馬躍檀溪》寫劉備投奔劉表後，蔡夫人、蔡瑁欲害劉備，策劃了「襄陽會」，劉表因病，請劉備主持，而自己留在荊州城。這個「荊州城」，是全劇出現頻率最高、有關情節最精彩的一個地名；但它究竟在哪裡，卻是很多人都不清楚的。

首先必須強調指出，人們常說的「荊州」，實際上有兩種含義：一種是行政區劃，指東漢全國十三個州之一，管轄南陽、南郡、江夏、零陵、桂陽、武陵、長沙七郡，後又分置襄陽郡和章陵郡，共九郡，其轄境相當於今天的湖北、湖南兩省及河南、貴州、廣東、廣西的各一部；另一種則是指荊州的治所，即荊州州府所在地。對這兩種含義，千萬不能混淆，就像今天不能把一個省的轄區與其省府所在地相混淆一樣。所謂「荊州城」，自然是指荊州的治所。

東漢時期，荊州治所原在漢壽（今湖南漢壽縣北）。漢獻帝初平元年（公元一九〇年），諸侯聯軍討伐董卓，荊州刺史王睿因平時瞧不起長沙太守孫堅，被孫堅借機殺掉。劉表繼任荊州刺史後，將治所移到襄陽（今湖北襄樊）。赤壁大戰之後，劉備領荊州牧，一度駐公安（今湖北公安西北），後移治江陵（今湖北江陵）；關羽鎮守荊州，仍以江陵為治所。這就是說，劉表在世時，所謂「荊州城」實際上就是襄陽城；而在赤壁大戰之後，所謂「荊州城」則是指江陵城。除此之外，並無單獨的「荊州城」。

羅貫中寫作《三國演義》時，由於歷史地理知識不足，常常把荊州轄區與荊州治所混為一談，對荊州治所究竟在哪裡更是模糊不清，因而造成許多不應有的錯誤。當他寫「馬躍檀溪」這一情節時，便以為劉表不在襄陽，而在「荊州城」。《三國》電視劇的編導對此缺乏了解，也重複了羅貫中的錯誤。其實，這裡的「荊州城」與襄陽乃是同一個地方，身為荊州牧的劉表本來就在襄陽。如果羅貫中明確這一點，只要把蔡瑁說的「請主公一行」改為「請主公主持」，整個情節就照樣可以組織，絲毫不受影響。同樣，如果《三國》電視劇的編導把劉表答覆蔡瑁的「不便出行」改為「不便出面」，這一集的劇情也絕不會受到任何損害。

讀者諸君，以後再看到「荊州」或「荊州城」時，您是否會想一想它究竟指的是什麼呢？

14 為什麼稱孫權為「吳侯」？

——《三國》電視劇十三問之九

電視連續劇《三國演義》從第三十一集《智激周瑜》起，多處稱孫權為「吳侯」。這個稱呼，來自小說《三國演義》本身，經過三國戲、三國評書的頻頻使用，早已被人們所熟悉。

其實，歷史上的孫權並未封過吳侯。孫權之父孫堅曾封烏程侯，孫權之兄孫策曾封吳侯（《演義》均已寫到）；然而，孫權並沒有繼承其爵位（爵位承襲須得朝廷詔命，不能自動繼承）。查《三國志·吳書·吳主傳》，孫權稱帝之前的官爵情況是這樣：建安五年（公元二〇〇年），孫策去世，孫權掌握江東軍政大權，曹操表其為討虜將軍，領會稽太守；赤壁大戰後，劉備於建安十四年（公元二〇九年）表孫權行車騎將軍，領徐州牧；建安二十四年（公元二一九年），孫權襲奪荊州，擒殺關羽，曹操表其為驃騎將軍，假節領荊州牧，封南昌侯；曹丕代漢稱帝後，孫權向他稱臣，曹丕便於黃初二年（公元二二一年）封其為吳王，以大將軍使持節督交州，領荊州事。因此，綜觀陳壽《三國志》，在孫權封吳王以前，當時的人們對他的稱呼，除了姓名和字以外，主要有五種：第一種，「將軍」。自孫權任討虜將軍起，這是最通用的稱呼。赤壁大戰之前，曹操致書孫權，諸葛亮智激孫權（《三國演義》均曾寫到），皆稱其為「將軍」，其部下亦稱其為「將軍」。第二種，「孫討虜」。魯肅第一次去見劉備，即以此稱孫權（見《三國志・蜀書・先主傳》注引〈江表傳〉）。第三種，「孫會稽」。這是因為孫權任討虜將軍時，兼領會稽太守。《三國志・吳書・吳主傳》注引《獻帝春秋》便有此稱呼。第四種，「孫車騎」。《三國志・蜀書・先主傳》注引〈山陽公載記〉便寫到劉備有此稱呼。第五種，「至尊」。這本是對帝王的稱呼，但在群雄割據的形勢下，孫權的某些部下也以此稱之，周瑜臨終上疏便是如此（見《三國志・吳書・魯肅傳》，《演義》第五十七回亦寫到）。總之，孫權既未封過吳侯，也就沒有人稱他為「吳侯」。

那麼，為什麼從《演義》到電視劇，人們都習稱孫權為「吳侯」呢？這是由於羅貫中以為孫權既然繼孫策「坐領江東」，便會自動繼承其官爵，實為「想當然」的產物。

15 為什麼寫師勗其人？

——《三國》電視劇十三問之十

電視連續劇《三國演義》第三十七集《橫槊賦詩》，寫赤壁決戰之前，曹操宴集眾官，乘著酒興，橫槊而歌〈短歌行〉；不料掌管音樂的師勗卻說歌中「月明星稀，烏鵲南飛；繞樹三匝，無枝可依」幾句「既不符合雅樂規範，也不大吉利」；曹操大怒，手起一槊，刺死師勗。這個情節取材於小說《三國演義》第四十八回，但師勗其人卻不見於《三國演義》，而是電視劇虛構的人物。編劇為什麼要寫這個人物呢？首先應當說明，小說《三國演義》中的「橫槊賦詩」情節就是虛構的（參見《賞味三國》第三部分〈志得意滿，敗在目前——「橫槊賦詩」〉一文）。虛構這一情節，意在表現曹操驕盈自滿，趾高氣揚的精神狀態，為其慘敗埋下伏筆。然而，其中也有不足之處：它寫的是揚州刺史劉馥說曹操那幾句詩係「不吉之言」，被曹操怒而刺死，這就不太合理。因為劉馥遠在揚州任刺史，鎮守合肥，職責重大，不會隨曹操征荊州，自然也就不可能被曹操刺死。羅貫中因為歷史上的劉馥正好死於發生赤壁大戰的建安十三年（公元二〇八年），便把他拉進「橫槊賦詩」這一情節，考慮不夠周密。

《三國》電視劇的作者注意到了這一點，在吸取有關素材的基礎上，巧妙地將被殺者由揚州刺史劉馥改為師勗。師勗被稱為「天下第一樂師」，讓他來排練歌舞，宴集眾官的場面就更加熱鬧。而由於他的地位比劉馥低得多，曹操一怒而刺死他也比較好解釋。這樣一改，不僅保留了《演義》情節的基本內容，而且比《演義》的設計更合理，更符合特定的歷史條件。這是電視劇改編成功的又一例。

16 為什麼稱「南陽諸葛亮」？

——《三國》電視劇十三問之十一

電視連續劇《三國演義》中多次出現「南陽諸葛亮」的稱呼，甚至諸葛亮本人有時也以此自稱。這並非編劇的創造，而是來自小說《三國演義》；然而，這種稱呼卻是錯誤的。

按照古代的慣例，稱呼他人也好，某人自稱也好，常常在其姓名前冠以籍貫（一般用郡、國名稱）。這種習慣，一直沿襲至今。諸葛亮是琅邪陽都（今山東沂南縣南）人，自然就應該稱他為「琅邪諸葛亮」。

那麼，為什麼《演義》又會使用「南陽諸葛亮」的稱呼呢？這是由於羅貫中把諸葛亮的籍貫與他的隱居地弄混淆了。諸葛亮隱居的隆中，行政上屬於南陽郡鄧縣，地理位置則在襄陽城西二十里（對此，後人往往含混不清）。因此，諸葛亮在他那篇著名的〈出師表〉中，有「臣本布衣，躬耕南陽」一句。但請注意，南陽只是他「躬耕」之地，而不是他的籍貫，所以諸葛亮本人及其同時代的人們從來不用「南陽諸葛亮」的稱呼。唐代劉禹錫的名作〈陋室銘〉中有「南陽諸葛廬」一句，也是指諸葛亮的隱居地。這兩句中的「南陽」，都指隆中所屬的郡名。同樣，後人詩文對聯中的「龍臥南陽」、「南陽一臥龍」之類提法，也都著眼於諸葛亮的隱居地，絕不是指他的籍貫。大概是由於「躬耕南陽」、「南陽諸葛廬」流傳太廣，給人的印象太深，後代許多人反而不知道諸葛亮的籍貫是琅邪陽都，以致出現了「南陽諸葛亮」這樣的不正確的稱呼。羅貫中一時疏忽，在《演義》中出現差錯；《三國》電視劇的作者未加細辨，照錄《演義》原文，也跟著錯了。

17 為什麼使用半文半白的語言？

——《三國》電視劇十三問之十二

觀看電視連續劇《三國演義》，議論較多的一個問題是它那半文半白的語言風格。一些觀眾覺得這種語言聽起來費力，即使配上字幕，欣賞起來也不太方便。那麼，編導為什麼要使用這樣的語言呢？

首先，這取決於編導的創作思想。編導的基本創作原則是忠於原著——小說《三國演義》；在藝術風格上，全劇儘管充滿了「大驚，大喜；大疑，大決；大急，大慰」（總導演王扶林語）的情緒起伏和節奏變化，但總的看來近乎正劇風格，重在表現一種特定的歷史精神。因此，從布景、器物到人物的服飾、禮儀，都力求接近東漢、三國時期的歷史真實，為情節的發展和人物的塑造提供富有特色的歷史背景。同樣，使用半文半白的語言，也是為了更好地渲染特定的歷史氛圍。這種半文半白的語言，與真正的東漢、三國時期的語言並不是一回事，但它卻可以在觀眾心理上造成一種歷史感，使觀眾覺得「像」東漢、三國的英雄豪傑們說的話。這樣的語言處理，與人們看慣了的武打片以及《戲說乾隆》之類，路子完全不同。武打片據以改編的武俠小說，本質上是「成年人的童話」，突出的是懲惡揚善的俠義精神；「戲說」之類，原本是一種遊戲筆墨：雖然它們各有其可取甚至深刻之處，但都不注重特定的歷史背景，因此也就無須在語言上與觀眾保持距離。如果《三國》電視劇也像它們一樣，讓曹操、諸葛亮、劉關張等人物使用現代人的大白話，其歷史韻味勢必大打折扣，大多數觀眾可能也通不過吧？

其次，使用半文半白的語言，可以使人物的口頭語言和書面語言比較接近，達到大致協調。劇中的一些書面文字，如陳琳為袁紹起草的討曹檄文，諸葛亮的〈隆中對〉、〈出師表〉等等，均係歷史上廣為傳誦的名篇。要是讓人物說現代白話，對這些名篇怎麼處理？如果讓它們保持原樣，則人物的口頭語言與書面語言的反差實在太大，太不協調；然而，如果把這些名篇翻譯成白話，又會使人感到索然無味，那豈不更糟？相比之下，使用半文半白的語言，效果還好一些。

其實，這種半文半白的語言造成的理解障礙並不大。筆者是在小學階段開始熟讀《三國》的；從我的長輩到我的晚輩，很多人都是在小學或初中時期就讀了《三國》，儘管不是字字句句都能準確理解，但基本上能夠看懂。自《三國》電視劇播出以來，很多中小學生乃至農民都看得津津有味。由此可見，只要靜下心來看，不僅可以看懂，而且還可以從中吸取許多語言知識，又何樂不為呢？

18 為什麼武打顯得不那麼精彩？

——《三國》電視劇十三問之十三

小說《三國演義》以戰爭描寫見長，電視連續劇《三國演義》也有大量的戰爭場面，除了千軍萬馬的廝殺之外，還有將領之間的拚鬥。然而，許多年輕觀眾卻覺得電視劇中將對將的武打不大精彩，就連「三英戰呂布」、「過五關斬六將」、「趙雲單騎救阿斗」等膾炙人口的情節也打得簡簡單單，看起來不過癮。這是為什麼？

我認為，主要原因有二：其一，對三國英雄的景仰大大提高了人們對電視劇中武打場面的期望值。其實，小說《三國演義》的戰爭描寫，最突出的優點在於著重表現戰爭雙方的戰略戰術和奇謀妙計，而戰場廝殺則往往只用粗筆勾勒，很少具體描寫哪一位將領的一招一式。但是，由於三國故事的廣泛傳播，三國英雄的武藝早已在人們心目中留下了既相當模糊而又非常深刻的印象。這樣一來，當那些交戰場面再現於熒屏時，人們總覺得對英雄人物的高超武藝表現得不夠，沒有達到自己的期望值。其二，戲曲和武打片中的武打影響了人們的欣賞心理。戲曲中的武打，將舞蹈、雜技融為一體，動作優美，節奏鮮明，令人賞心悅目；武打片中的武打，借助於各種特技，更是極盡騰挪變化之能事，令人眼花撩亂。人們看得多了，便誤以為實際生活中的打鬥也是如此；用這種眼光來看《三國》電視劇中的武打，自然會感到不過癮了。問題在於，那樣的武打帶有很大的誇張和美化成分，有的甚至出於幻想，好看倒是好看，卻決不能混同於古代戰爭的實際。《三國》電視劇的基本創作方法是現實主義，在表現戰爭場面時，雖然不乏浪漫主義的誇張，仍力求反映古代戰爭的大致特點。因此，當將領廝殺時，總是兩馬相交，兵器相撞，集中表現為「勇」與「力」的結合。這樣，表面上似乎不夠精彩，卻比較接近古代戰爭的實際，更具凝重沉雄之氣。廣大觀眾看後，能夠得到過去缺乏的新知，這又是許多武打片所不及的。

當然，《三國》電視劇目前的拍法也有缺點。攝製者如能在目前的寫實風格的基礎上，適當地運用一些特技鏡頭，在動作設計和畫面處理上進一步下功夫，也可以把武打場面拍得更精彩一些。

上述兩個問題告訴我們：文藝作品不僅應該適應接受者，而且可以造就接受者。不知讀者諸君以為然否？

19 《三國》電視劇面對的五大矛盾

電視連續劇《三國演義》開播以來，引起了國內外億萬觀眾的廣泛關注。改編者們（包括編、導、演諸方面）艱苦奮鬥四年之久，譜寫了一曲高揚愛國主義正氣，振奮中華民族精神的壯歌。儘管用「精品」的標準衡量，它還有若干不如人意之處，但作為近年來為數不多的高雅作品之一，仍然應當給予充分肯定。

無庸諱言，人們對《三國》電視劇的評價還有比較大的分歧，持批評態度者並非個別；即使是基本肯定它的絕大部分觀眾，也普遍感到許多地方不過癮，不滿足。這裡包含多種複雜的因素，而從根本上說，我認為是《三國》電視劇的創作面對著五大矛盾。

一、小說的浪漫情調、傳奇色彩與電視劇的求實風格的矛盾。改編者十分強調「忠於原著」

，這個原則無疑是正確的，否則就不叫「改編」了。既然要「忠於原著」，那就不僅要忠於原著的思想傾向和主要人物的性格基調，而且要忠於原著的藝術風格。《三國》電視劇在前一方面做得較好，而在後一方面則明顯不足。小說《三國演義》的總體藝術風格是什麼？我認為，是現實主義精神與浪漫情調、傳奇色彩的結合。羅貫中緊緊抓住歷史運動的基本軌跡，大致反映了從東漢靈帝即位（公元一六八年）到西晉統一全國（公元二八〇年）這一歷史時期的面貌，強烈地關注蒼生疾苦，嚮往國家統一，呼喚明君賢相，歌頌「忠義」英雄，表現出鮮明的現實主義精神；然而，在具體編織情節，塑造人物時，羅貫中卻主要繼承了民間通俗文藝的傳統，大膽發揮浪漫主義想像，大量進行藝術虛構，運用誇張手法，表現出濃重的浪漫情調和傳奇色彩。例如：歷史上本是孫堅斬華雄，小說卻寫成關羽斬華雄，而且是在「溫酒」之間便迅速告捷，勝得極其輕鬆瀟灑，使人物形象光彩照人，充滿傳奇色彩；歷史上張飛在長坂橋立馬橫矛，怒目高叫，使得「敵皆無敢近者」，小說卻不滿足於此，而是層層渲染張飛的三次大喝，虛構夏侯傑被嚇死、曹操也被嚇得帶頭逃跑的細節，使張飛的威猛形象倍顯高大……《三國》電視劇的改編者對此也有所感受，在某些片段也有意加以表現；但全劇總的風格主要是現實主義，在情節組織和人物塑造上大多顯得太「實」，與小說的美學風格顯然有所不同。就拿人們議論較多的戰爭戲來說，《三國》電視劇在表現頻繁發生的將領之間的廝殺場面時，不落戲曲和武打片的老套，力求帶有古代戰爭的特色，這是對的；但許多地方拍得過「實」，卻顯得不精彩，難以充分表現三國英雄的高超武藝和非凡氣概，如果在動作設計和畫面調度上稍加誇張，適當運用特技鏡頭，效果就會好一些。即以張飛威鎮長坂橋為例，本來運用特技很容易誇張其吼聲，突出其威猛氣勢，導演卻處理得十分平淡，觀眾只聽到演員本身的聲音，當然會覺得氣勢不足，感到不滿意了。小說與電視劇在藝術風格上的這種矛盾或差異，乃是人們感到不滿足的一個帶根本性的原因。

二、小說的豐富情節與電視劇的取捨剪裁的矛盾。小說《三國演義》的情節密度甚高，全書一百二十回，包含大小情節一百幾十個（我在《三國演義辭典》的「情節」部分就列了一百二十三個辭條，有的一個辭條就包含幾個情節）。如此豐富的情節，既為改編者提供了充足的素材，又要求改編者作好取捨剪裁。按照電視連續劇的藝術規律，最好是每一集著重表現一個情節，每一集都形成一個小高潮；至於次要情節，或融入主要情節，或略加點染，或以解說詞一筆帶過，或逕行割捨，切忌平均用力。這個道理不難理解，但在許多時候，實際操作起來卻並不容易。一方面，小說《三國演義》的幾乎所有情節都已為人們熟知，在改編者看來，真是滿目珠璣，難以割捨；另一方面，改編者強調「忠於原著」，總想盡量全面地再現小說的內容，深恐刪除太多，傷筋動骨。由於捨不得割愛，就使得相當多的分集包含兩個乃至更多的情節，而每集又只能限制在四十五分鐘左右（除去片頭片尾，實際只有四十分鐘左右），這樣一來，往往造成這種情況：人們感到一些分集交代太多，用於展開主要情節、刻畫主要人物的時間不足，其結果，或者來不及形成高潮，或者高潮的力度不夠，給予觀眾心靈的激盪不夠強烈，也使觀眾覺得不太過癮。

三、小說的簡略描寫與電視劇的具體表現的矛盾。

與情節的豐富性相對應，小說《三國演義》對各個情節的描寫卻大多比較簡略。作為語言藝術，小說常常是寥寥數語便可概括複雜的過程，喚起讀者心靈的感應，讓讀者用想像去充實作品的描寫。然而，作為視覺藝術的電視劇，卻必須用直觀、生動、形象的畫面，將一個個情節具體展示在觀眾面前。兩種藝術形式的不同特徵，既使改編者進行藝術轉換時有一定的困難，又為他們施展才華提供了相當大的餘地。事實上，改編者對「開拓、深化、創新」的追求，在這一方面表現得頗為充分，小說中的若干情節，經過編導的改造、加工和演員的精心表演，產生了很好的藝術效果。試以第四十六集《臥龍弔孝》為例。小說第五十七回寫得相當簡略，對於祭奠大典具體如何進行，毫無交代，整個過程（包括祭文）僅用了九百字。電視劇如果機械地照搬小說，肯定很難「出戲」。編導則首先表現諸葛亮得知周瑜夭亡後十分悼惜，決意前往祭奠，並針對劉備的擔心，分析孫權不願結仇，魯肅堅持聯劉的情勢，既強調了諸葛亮與周瑜是對手又是知音的關係，又突出了諸葛亮高瞻遠矚、洞察全局的睿智。然後，以曹操欲率三十萬大軍南下報仇、東吳諸將欲殺諸葛亮、孫權命諸葛瑾勸阻孔明等細節，表明形勢之複雜。接著，以多組鏡頭表現靈堂的佈置和祭奠的儀式，著力渲染東吳上下同悼周瑜的悲壯氣氛。在此基礎上，再濃墨重彩地表現諸葛亮肝腸俱斷、聲聲血淚地痛祭周瑜，使劇情迅速達到高潮。最後，又寫魯肅率眾送別諸葛亮，諸葛亮授以退去曹操大軍之計，魯肅由衷讚嘆：「臥龍真當世奇才也！」很好地照應了前文。改編者的辛勤努力，使劇情曲折合理、搖曳多姿，人物形象血肉豐滿、富於情致，藝術感染力超越了小說而獲得較大成功。不過，也有一些地方，改編者只是用電視語言簡單地演繹小說情節，就顯得比較單薄，感染力不強。

四、小說所造成的高期望值與電視劇實際達到的水平的矛盾。小說《三國演義》經過六百多年的廣泛傳播，並借助戲曲、曲藝等多種藝術形式的反覆渲染，早已家喻戶曉，深入人心，被公認為難以企及的古代歷史演義小說的光輝典範，形成遠遠超過其自身思想藝術成就的崇高地位，對中華民族的精神生活和民族性格產生了極其巨大而深刻的影響。這種十分特殊的情況，給電視連續劇《三國演義》帶來很高的期望值。這種高期望值，與《三國》電視劇實際達到的水平構成一對矛盾。這不僅指《三國》電視劇確實存在若干不如人意之處，而且指人們在觀賞《三國》電視劇時，有時要求過高；更重要的是，人們總是有意無意地將它與自己印象中的小說《三國演義》相比較，而這種比較往往是一種「不平等競爭」。對於古代作家羅貫中創作的小說《三國》，人們已經習慣於仰視，對其成就充分肯定，對其疏漏、錯訛、不合情理之處則十分寬容；而對於當代藝術家改編的《三國》電視劇，人們總是平視，有時甚至是俯視，對其成功之處往往估計不足，對其缺點、毛病則易於發現，敢於批評，有時甚至過於挑剔。這種難以覺察的集體意識，不能不在一定程度上影響很大一部分人評判的客觀性與全面性。仍以戰爭場面的表現為例。小說《三國演義》的戰爭描寫，最突出的優點在於著重表現戰爭雙方的戰略戰術和奇謀妙計，而戰場廝殺則往往只用粗筆勾勒，基本上沒有反映雙方士兵的群體搏殺，也很少具體描寫哪一位將領的一招一式，只是由於三國故事的廣泛傳播，三國英雄的武藝早已在人們心目中留下了既相當模糊而又非常深刻的印象。《三國》電視劇的編導在戰爭場面的表現上所下的功夫比羅貫中多得多：對於千軍萬馬的交戰，編導注意了陣勢的佈置與變化、指揮聯絡的方式等等，對幾大戰役的決戰場面拍得很有氣勢；當然，也有不少交戰場面流於一般，缺乏特色，有的甚至顯得馬虎。對於將領之間的單打獨鬥，固然有許多場面如上文所說，拍得太「實」；但也有一些場面拍得很精彩，如「張飛戰馬超」這場戲，就拍得動感十足，富於變化，把人物的勇武氣概和豪爽性格表現得有聲有色。總的說來，《三國》電視劇的戰爭場面既有超越小說之處，也有未能充分傳達小說韻味之處。如果簡單地認為電視劇還不如小說，並不符合實際。這一矛盾，也是人們對《三國》電視劇感到不滿足的一個帶根本性的原因。

五、改編者的藝術追求與部分觀眾的審美心理的矛盾。平心而論，《三國》電視劇的思想容量和藝術水準，不僅大大超過電視連續劇《渴望》，而且也勝於電視連續劇《紅樓夢》；然而，它在短期內產生的轟動效應，卻未必超過《渴望》和《紅樓夢》。這是因為，目前觀眾的審美心理，不僅與播映《渴望》時大不一樣，而且與播映《紅樓夢》時也有明顯區別。這裡至少有三點非常突出：

第一，選擇餘地的日益多樣性，使得全國觀眾一致關注一部電視劇的盛況再也難以重現。今天的人們，休閒娛樂方式之多，獲得審美愉悅的途徑之廣，都超過了以往任何時期，這不能不分散一部分人對《三國》電視劇的關注。對於希望得到全社會認可的編導來說，這似乎有些無可奈何；而對於社會來說，這又是一種歷史的進步。

第二，審美興趣的多元化，導致部分觀眾的評價標準與編導的追求和預期相歧異。一部分喜歡愛情片、武打片、偵破片的觀眾，對若干問題的認識可能就別是一樣；即使是喜愛《三國》電視劇的觀眾，審美趣味也千差萬別。比如「借東風」這場戲，有人覺得還沒把諸葛亮的「仙」氣表現充分，有人認為目前的處理比較恰當，有人卻質問為什麼要讓諸葛亮裝神弄鬼，可見觀眾對改編的原則、方法和人物形象的把握出入頗多，眾口難調，亦屬自然。

第三，過多的商業娛樂片敗壞了部分觀眾的胃口，降低了他們的審美鑑賞能力，有的人甚至形成某種偏見，這就必然會影響他們對《三國》電視劇的接受。

在這樣的大環境下，人們對《三國》電視劇議論紛紛，褒貶不一，乃是正常現象；編導可以追求雅俗共賞的目標，但要使各種不同層次的觀眾一致叫好，則實在很難做到。這個矛盾，正是部分觀眾對《三國》電視劇感到不滿足的又一個帶有根本性的原因。不過，文藝作品不僅應該適應接受者，而且可以造就接受者，經過堅持不懈的努力，這個矛盾是能夠部分解決的。

面對這五大矛盾，我們強烈地感到，古典文學名著的電視化，確實是一門很大的學問，是一項很複雜的系統工程，緊緊關係到改編者和接受者雙方。正確認識這五大矛盾，改編者和接受者都可以更全面地看待《三國》電視劇的得失，從而更好地肯定成績，找出不足，為今後的名著改編提供更豐富更成熟的經驗。

20 一次中途夭折的再創作

近二十年來，我曾支持和參與過有關三國題材的多種改編與再創作。其中一些，或備受關注，大獲成功，如電視連續劇《三國演義》；或幾起幾落，終成正果，如廣播連續劇《三國演義》。但是，也有一些改編與再創作，由於種種原因，未能成功。其中最典型的自然是上海電影界籌拍的十部系列電影《三國演義》，雖然歷盡艱辛，但距完成卻是遙遙無期（參見本書第二部分〈《三國》改編的三大藝術工程〉各篇）。還有若干次，則是一番努力，中途夭折，留下莫名的遺憾。這裡就說其中的一次吧。

那是一九九五年的四五月間，電視連續劇《三國演義》在中央電視台播出不久，中國大陸正掀起一波「三國熱」的時候，一位叫做李現遠的先生來找我和譚洛非先生，說他準備創辦一個大型的影視拍攝基地，創作新的三國題材電視劇，王扶林導演建議他來找我們，希望我們幫助出主意，擔任策劃兼學術顧問。這位李現遠先生曾經擔任四川廣元豫劇團團長，後來下海經商，積累了一部分資金，應該說是一個既比較懂藝術，又有經濟頭腦的人。現在，他願意把賺來的錢用於影視創作，促進四川的文化事業，這當然是一件好事；何況又有王導介紹，我們更應積極支持。

那麼，究竟應該怎樣著手呢？我認為，在《三國》電視劇剛剛播出的情況下，對《三國演義》重新進行改編的餘地已經不大，不如另闢蹊徑，重新發掘三國故事題材，創作電視系列劇《三國外傳》。這一看法得到譚洛非先生和李現遠先生的贊同。於是，我起草了一份策劃意見，就拍攝電視系列劇《三國外傳》中的幾個根本問題提出了總體性的看法。其一，關於取材範圍，總的原則是：《三國外傳》取材於小說《三國演義》和電視連續劇《三國演義》以外的三國故事題材。它不是對《三國演義》已有的故事情節的重新詮釋，重新編寫；而是表現那些《三國演義》沒有寫到或無法寫到的故事，包括《三國演義》提供了某種由頭或線索而未展開的故事。因此，它在取材上與《三國演義》並不重複，更不衝突，而是在三國文化這塊沃土上開出的另外一束花朵。其二，關於思想傾向，主要掌握這樣幾點原則：一、在創作中，既要貫注當代意識，又不要以當代人的思想代替古人的思想感情；二、以弘揚民族優秀傳統文化為指歸，著力突出中華民族的傳統美德，表現全民族公認的良好的觀念情趣；三、既應該避免羅貫中的某些偏頗，而在評判是非、褒貶人物時，又要與《三國演義》的傾向大體一致，不應形成對立，以免《外傳》與《演義》「打架」，給觀眾造成不必要的淆亂。其三、關於藝術形式，《三國外傳》的基本定位可以稱為歷史傳奇，即以三國文化為內容的傳奇性作品。比之歷史演義，它具有更大的自由度，可以在「傳奇」二字上多作文章，全劇的主導風格應該是浪漫情調和傳奇色彩。

上述原則得到確認以後，經過反覆醞釀協商，在我們想到的大約二十個選題中，決定選取以下三個投入第一階段創作：一、《青年諸葛亮》（暫名），擬拍六集，包括諸葛亮求學、娶親、擇主三大部分。二、《張飛鎮巴西》（暫名），擬拍六集，包括張飛拒敵平叛、審案斷獄、招賢納士、家庭生活等內容。三、《關索與鮑三娘》（暫名），擬拍六集，包括關索出生、習武、招親、認父、南征、北伐等內容。為了保證劇本達到較高的品質，我們特地約請了三位著名的劇作家：一是譚愫，他是成都川劇聯合團的團長，創作過多部獲獎作品，具有豐富的電視劇創作經驗；二是劉少匆，他是川劇界的編劇高手，也創作過多部獲獎作品，並與譚愫合寫過幾部電視連續劇；三是李一波，他是電視連續劇《三國演義》的編劇之一，寫起《三國外傳》來應該是駕輕就熟。我們的分工也加以明確：李現遠作為投資者和製片人，負責籌集資金，聘請導演；譚愫等三人寫作劇本；我和譚洛非先生負責策劃和審閱劇本，提出修改意見並最後把關。

就這樣，劇本創作開始緊鑼密鼓進行了。從一九九五年七月落實任務，僅僅兩個月後，譚愫和劉少匆就分別拿出了《青年諸葛亮》和《張飛鎮巴西》的初稿。我認真看了初稿，作了閱讀筆記，分別提出了一些修改意見。比如，《青年諸葛亮》虛構諸葛亮和司馬懿是同學關係，司馬懿一直嫉妒諸葛亮，總想超過諸葛亮，由此生發出一連串矛盾衝突，這裡的幾個故事編得頗為生動有趣。但是，初稿寫諸葛亮對司馬懿忠厚過餘，對其心術不正一直毫無警覺，我指出這樣寫並不恰當：寫青年諸葛亮，不僅要表現其品格高尚，心地善良，也要表現其敏銳的洞察力，否則便等於一般的「好人」，反而無助於塑造其機智的形象。又如，《張飛鎮巴西》為了集中人物關係，將後來刺殺張飛的范彊虛構為巴西郡豪強范陵之子，先讓范陵假意運糧助軍，騙取張飛的好感；再讓范彊當上張飛的部將，由此產生種種糾葛，這是可以的。但我指出：初稿對范陵父子「惡」的一面表現得不夠，難以充分調動觀眾「恨」的情緒；而在這些故事中，張飛的性格暴躁有餘，幽默、善良、可愛的一面尚嫌不足；全劇的浪漫色彩也顯得少了一點。根據我們的意見，兩位編劇又作了幾次修改。每修改一次，我們幾個方面的人就共同討論一次。李一波承擔的《關索與鮑三娘》，動筆稍晚一點，寫出的初稿故事性強，但也有一些明顯的缺陷。比如，對頭號主角關索的性格基調把握不當，把他寫成驕傲自大，不明事理，輕率莽撞。我指出：關索並非嬌生慣養者，更非紈褲子弟，而是在磨難中成長起來的英雄，其性格基調應該是：胸有大志，武藝高強，為人幹練。又如，初稿後三集情節比較蕪雜，我建議重新設計，使故事相對集中，最後著重寫其鎮守葭萌關，為國捐軀。他接受了這些意見，也將劇本修改了一兩次，經過討論，得到了我們共同的認可。這樣，到一九九六年四月初，三個劇本都比較成熟了，可以投入拍攝了。

然而，我們期盼的拍攝卻遲遲未能開始。李現遠自身經濟實力不足，一開始就主張先創作三部，等產品賣出後再拍攝幾部，滾動發展。這樣做不是不可以，但他連拍這三部的資金好像也不夠，還得再籌措經費。為此，他一面設法使自己的錢增值，一面到處尋找合作者。我們幾位都是書生，對資金運作毫無辦法，只好耐心等待他的消息。此後大約一年間，他不時地從天南地北給我打來一個長途電話，談他籌集資金和聯繫導演的情況，使我們一直抱有幾分希望。再後來的一次，他在電話中告訴我，他的資金被人騙走了，正在準備打官司。這樣一來，拍攝的希望完全泡湯了，三位編劇的稿費還欠了一半，而我們策劃者則什麼報酬也沒拿到……

轉眼之間，又過去將近五年了。在這幾年裡，李現遠杳無音信，不知去向；三位作者不斷地接受新的創作任務，我也在不斷地撰寫新的著作，沒有時間，也沒有辦法打聽李現遠的消息，譚洛非先生則已駕鶴西去。說實話，儘管白白辛苦了那麼長的時間，耗費了那麼多的心血，但我從未懷疑過李現遠拍攝《三國外傳》的誠意；應該說，他的損失比我們更大。人生在世，不如意事常八九，姑且把這次中途夭折的再創作視為此生的遺憾之一吧！

【參】三國尋蹤

1 天下勝蹟數三國

在國內外的「三國熱」中，對三國遺蹟的旅遊考察越來越受到人們的重視。

與《三國演義》有關的名勝古蹟之多，在古典名著中堪稱第一。據我的初步統計，這類遺蹟總數至少在四、五百處以上。這一點，是任何其他古典名著都望塵莫及的，這實在是一大筆豐富的旅遊資源。三國故事源遠流長，三國人物家喻戶曉，這些三國遺蹟也強烈地吸引著海內外的遊客。以成都武侯祠為例，每年遊客多達一百幾十萬人；其他許多三國遺蹟，每年遊客也以十萬計。正是看到三國遺蹟的巨大價值，四川、河南、湖北、陝西、甘肅等省都在積極開發三國旅遊線；一些遺蹟較為集中、影響較大的地方，更把三國旅遊作為自己的「拳頭產品」，如四川綿陽市（東漢三國時的涪縣）正在興建「三國蜀漢旅遊城」，湖北江陵（關羽鎮守荊州的駐所）已經建成了「三

▲湖北當陽「長阪雄風」碑

▲為紀念當年趙雲在此單騎救阿斗所立的趙子龍塑像

▲位於湖北省蒲圻西北40公里處的赤壁遺址

國公園」，江蘇鎮江、山西清徐已經分別建成了「三國城」，河南許昌、浙江富陽（孫權故里）、安徽亳州（曹操故里）也有若干雄心勃勃的打算……。

綜觀眾多的三國遺蹟，可以看到這樣兩個特點：

一、分布面甚廣。據初步統計，中國至少有二十個省、市、自治區存有三國遺蹟，四川、陝西、河南、湖北、安徽、江蘇等省尤見豐富。其中，四川成都武侯祠、德陽龐統祠墓、綿陽富樂山、劍閣劍門關、閬中張飛墓、重慶雲陽張飛廟、奉節白帝城、陝西勉縣武侯祠墓、岐山五丈原、甘肅禮縣祁山堡、湖北襄陽隆中、蒲圻赤壁、當陽長坂、江陵荊州古城、山西運城關帝廟、河南洛陽關林、許昌曹魏故城、安徽合肥逍遙津、廬江周瑜墓、江蘇南京石頭城，等等，早已揚名華夏，遠播海外。真是天下勝蹟三國多呵！

二、深受《三國演義》和民間三國傳說的影響。眾多的三國遺蹟，大體上可以分為四類：第一類，少量由三國時期遺存至今的古蹟。如許昌曹魏故城遺址、南京石頭城遺址和個別墓葬，如劉備「惠陵」（在成都武侯祠內）。這類遺蹟數量很少，觀賞性也很有限。第二類，雖源於三國歷史，或與史實大致相符，卻多少滲入了《三國演義》和民間三國傳說的內容。比如大名鼎鼎的成都武侯祠，算得上是全國最有名的三國遺蹟，但它並非三國時期的遺存，而是始建於公元四世紀的成漢時期的紀念性祠廟，只能說是源於三國歷史，以後歷代又迭經興革補充，今天我們看到的則

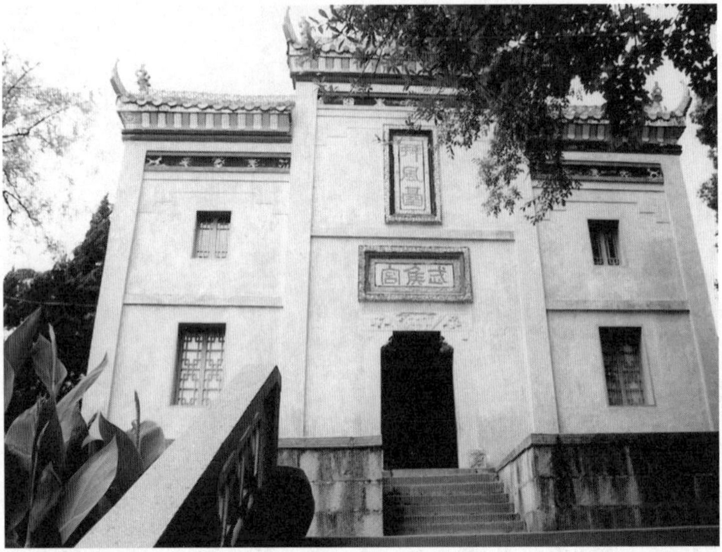

▲拜風台據說是當年諸葛亮借東風的地方

▲鳳雛庵相傳是龐統（號鳳雛先生）隱居時閱讀兵書的所在

是清代康熙年間所重修；祠中人物固然基本上是三國時期實有的人物，但若干人物的造型和關羽的青龍偃月刀、張飛的丈八蛇矛之類，卻明顯受到《三國演義》和傳統三國戲的影響。湖北蒲圻赤壁是三國時實有的，但現存遺蹟中的望江亭、拜風台、鳳雛庵等景點，則顯然受到《三國演義》影響。同樣，大量的三國人物祠墓，其形制、布局、題詠等，也在不同程度上留下了《三國演義》的烙印。這類遺蹟，在全部三國遺蹟中佔了很大比重。第三類，雖有一點三國歷史的由頭，卻因《三國演義》和民間三國傳說的影響而與史實大相徑庭，甚至面目全非。如四川廣元的「鮑三娘墓」，經考古鑑定，確係東漢晚期墓葬，但鮑三娘及其夫關索卻是民間三國傳說虛構的人物，這種「張冠李戴」的現象就很有代表性。第四類，出自對史實的附會，或者純係《三國演義》和民間三國傳說的產物。如江蘇鎮江的甘露寺始建於唐代，卻因《三國演義》中「甘露寺相親」故事的影響而被視為有名的「三國遺蹟」，寺外的「天下第一江山」匾額、溜馬澗、狠石等，也都是《演義》的產物。周倉本係《演義》虛構的人物，湖北當陽卻有周倉墓。關索本是民間傳說中的關羽之子，貴州卻有「關索嶺」。又如歷史上的諸葛亮南征時並未進入永昌郡（治所不韋縣，即今雲南保山市），但當地長期流傳有關諸葛亮南征的故事，早在唐代就建起了武侯祠，一千多年來屢毀屢建，至今猶存。這類遺蹟，為數頗多。

由此可見，今天所說的「三國遺蹟」，大部分並非真正的「三國時期的遺蹟」，而是在漫長

◀江蘇鎮江的甘露寺始建於唐代，卻因《三國演義》中「甘露寺相親」故事的影響而被視為有名的「三國遺蹟」。

▼甘露長廊。圖左題有「天下第一江山」。

的歷史過程中逐步形成的「與三國有關的名勝古蹟」。這種狀況，恰好證明了三國文化的寬泛性。我認為，人們通常所說的「三國文化」，並不僅僅指、並不等同於「三國時期的文化」，而是指以三國時期的歷史文化為源，以三國故事的傳播演變為流，以《三國演義》及其諸多派生現象為重要內容的綜合性文化現象。可以說，「三國文化」乃是漫長歷史時期中民眾心理的結晶。三國遺蹟也是這樣。

眾多的三國遺蹟，把歷史與現實連在一起，具有豐富的文化內涵和巨大的旅遊價值，吸引了千千萬萬國內外遊客。徜徉於這些遺蹟，猶如行舟於歷史的長河，緬懷三國群雄，追蹤民族心靈的演變，你會想得很遠，很遠……。

2 名垂千古武侯祠

提起三國遺蹟，誰不知道成都武侯祠？來到蜀漢故都，誰不想看成都武侯祠？

成都武侯祠位於成都市區西南。它不僅是全國現存十幾座武侯祠中規模最大的一座，而且是所有三國遺蹟中最早被列為全國重點文物保護單位的一處。

成都武侯祠的沿革經歷了一千幾百年的漫長歲月。早在四世紀初，西晉人李特、李雄領導的流民起義軍攻佔益州，建立成漢政權，便在成都的少城首次建立了武侯祠（諸葛亮生前封「武鄉侯」，死後謚「忠武侯」，故名）。它與蜀漢建興元年（公元二二三年）修建於成都南郊的劉備陵墓「惠陵」相距不遠，這一對魚水君臣在地下也彼此相望。公元五世紀，惠陵旁邊建成了一座武侯祠，到唐代已成一方名勝，文人墨客多有題詠。其中最著名的當推杜甫那首令人蕩氣迴腸的〈蜀相〉詩：

丞相祠堂何處尋？錦官城外柏森森。
映階碧草自春色，隔葉黃鸝空好音。
三顧頻煩天下計，兩朝開濟老臣心。
出師未捷身先死，長使英雄淚滿襟。

此後數百年，武侯祠備受遊人重視，香火之盛，遠遠超過昭烈廟（即劉備廟）。明朝初年，朱元璋之子、蜀王朱椿不滿於此，以「君臣宜一體」為由，下令廢武侯祠，在昭烈廟側附祀諸葛亮，從此形成君臣合廟的格局。然而，老百姓卻把合併後的昭烈廟稱作武侯祠。為此，有人寫了這樣一首意味深長的詩：

門額大書昭烈廟，世人都道武侯祠。
由來名位輸勳烈，丞相功高百代思。

明末兵燹，此祠遭到毀壞。清初康熙十年至十一年（公元一六七一～一六七二年），在廢墟上又重建起一廟兩殿的君臣合廟，其大致規模沿襲至今。

成都武侯祠的主體部分，佔地大約八十餘畝，有大門、二門、劉備殿、過廳、諸葛殿五重建

▲明朝初年，朱元璋之子、蜀王朱椿不滿於此，以「君臣宜一體」為由，下令廢武侯祠，在昭烈廟側附祀諸葛亮，從此形成君臣合廟的格局。然而，老百姓卻把合併後的昭烈廟稱作武侯祠。

▲成都武侯祠過廳

築。大門與二門之間，夾道矗立六通石碑，其中最著名的是唐代裴度撰文、柳公綽書寫、魯建鐫刻的〈蜀丞相諸葛武侯祠堂碑〉，因其文、書、刻三者俱佳，人稱「三絕碑」。

劉備殿正中是三公尺高的劉備塑像，寬面大耳，體態端莊；兩側偏殿，分別祀關羽、張飛；劉備殿的左右兩廊，即聞名遐邇的「文臣武將廊」，塑有二十八位蜀漢文臣武將的像。這些人物的選擇和造型，貫穿著「尊劉」傾向和「忠義」思想，深受《三國演義》和三國戲的影響。如劉禪雖是蜀漢後主，但係亡國之君，殿中便無其立足之地，倒是他那位以身殉國的兒子、北地王劉諶居於劉備側後；周倉本係虛構的人物，因在《演義》中忠實追隨關羽，便也昂然而立於關羽偏殿中；關羽的面如重棗，張飛的豹頭環眼，龐統的面黑而醜，都是來自《演義》；就連關羽的青龍偃月刀、張飛的丈八蛇矛，也是《演義》的產物。

劉備殿後稍低處，諸葛殿前，懸掛多幅匾聯；殿中為諸葛亮坐像，羽扇綸巾，神態靜穆安詳；左側為其子諸葛瞻，右側為其孫諸葛尚。祖孫三人，皆公忠體國，令人肅然起敬。

出諸葛殿往西，穿過紅牆夾道，便是劉備墓。墓高十二公尺，周長一百八十公尺，佔地約二千平方公尺，有磚牆環護。墓塋前立有「漢昭烈皇帝之陵」石碑，係清代乾隆五十三年（公元一七八八年）重建。

最近幾年，武侯祠的保護和建設有了較大發展。在諸葛殿後，建起了紀念劉備、關羽、張飛

◀劉備殿的左右兩廊，即聞名遐邇的「文臣武將廊」，塑有二十八位蜀漢文臣武將的像。這些人物的選擇和造型，貫穿著「尊劉」傾向和「忠義」思想，深受《三國演義》和三國戲的影響。

▼成都武侯祠劉備殿

的「三義廟」，為一進四合院，由拜殿、大殿和兩側廊房組成。拜殿內有兩組墨色大理石畫像石刻，東牆為「桃園三結義」，西牆為「三英戰呂布」；石刻之後，各有四通青石畫像碑，內容均取自明代《三國》刻本插圖。大殿中有劉備、關羽、張飛的塑像，造型均根據《三國演義》。「三義廟」側後方，是新建的「結義樓」，為一仿古戲院，由前樓、戲臺和東西廊房組成。前樓廳堂、兩廊和天井擺滿方桌竹椅，是人們品茗聚會、觀賞三國戲的好去處。「三義廟」西邊有一片桃林，林間空地中，矗立著白、紅、黑三塊巨石，以粗獷的手法雕鑿出劉備、關羽、張飛的寫意形象，頗具英雄神韻。這幾個新景點，連同原有的主體建築，形成濃郁而又多彩的三國文化氛圍。

此外，武侯祠的附屬性設施、景點，立意命名也大多本於諸葛亮的言行和影響。如用於正式會議的「廣益堂」，來自諸葛亮的名言「集眾思，廣忠益」；用於接待和小型會議的「碧草園」，來自杜甫詠懷諸葛亮的詩句「映階碧草自春色」；盆景園「聽鸝館」，來自杜甫的另一詩句「隔葉黃鸝空好音」；主要餐廳「三顧園」，來自「三顧茅廬」的典故……出入於此，三國文化會在不經意間帶給我們一分親切和感動。

最近幾年，武侯祠的發展又邁出了非常重要的兩大步：一是毗鄰的南郊公園併入武侯祠，使其總面積達到二百幾十畝。這不僅為它增加了開闊的園林區，而且為它展示三國文化的深度和廣度，發揮多種功能提供了比較充足的空間。二是經過三年的努力，二〇〇四年在武侯祠東側建成

▲成都武侯祠諸葛殿中為諸葛亮坐像，羽扇綸巾，神態靜穆安詳。

了仿古風格的「錦里一條街」。街名來自唐代盛稱的「錦里」，源於因諸葛亮設置錦官（管理織錦之官）而得名的「錦官城」。此街寬不足十公尺，長約三百五十餘公尺，雖非通衢大道，卻設計得精巧富麗。首尾兩座大門，北門為正門，建成牌樓樣式，面向武侯祠大街；南門為側門，通向三義廟。街道兩側，商店、府第鱗次櫛比，其中有「張飛牛肉」等風味小吃，有「諸葛連弩」等競技場所，還有琳琅滿目的工藝商品；而表現蜀錦、蜀繡發展史的「錦繡陳列區」則是全街的中心。每天，這裡都熙熙攘攘，流光溢彩，讓人從多方面領略漢代三國時期以「蜀錦遍天下」聞名，唐代以「揚一益二」（揚州富甲天下，益州僅次於揚州）著稱的蜀都的富庶、繁榮和美麗。

二十餘年來，我一直關注著武侯祠的興旺和發展，曾經多次為之獻計獻策。在南郊公園和「錦里一條街」的建設規劃論證中，我也幾度貢獻一得之見；「錦里一條街」建成後，又欣然撰寫了兩副楹聯，一副用於側門：

錦繡寫千秋，物阜人傑巴蜀地；
賓朋來四海，龍翔鳳舞漢唐風。

另一副則用於其中的飯店：

▲成都武侯祠諸葛殿

▲最近幾年，在諸葛殿後，建起了紀念劉備、關羽、張飛的「三義廟」，為一進四合院，由拜殿、大殿和兩側廊房組成。大殿中有劉備、關羽、張飛的塑像，造型均根據《三國演義》。

煮酒論學，諸葛文章調五鼎；
烹茶談藝，曹王詩賦燴一爐。

武侯祠以其宏大的氣勢、豐富的內涵，強烈地吸引著中外遊客，每年前往參觀訪問者多達一百五十至二百萬人次。在這裡，政治家們會仔細品味清人趙藩那副有名的對聯：「能攻心則反側自消從古知兵非好戰，不審勢即寬嚴皆誤後來治蜀要深思」；平民百姓會在諸葛殿和文臣武將廊追懷先賢，留連忘返；海外遊子會虔誠憑弔，一抒尋根之情；外國朋友則會驚歎諸葛亮對中國人民影響之巨大。

其實，歷史人物諸葛亮的文治武功是相當有限的，單就歷史功績、歷史地位而言，歷史上超過諸葛亮的政治家、軍事家至少可以舉出二三十個；然而，要論在人民群眾中的知名度和影響力，文武周公姜尚管仲也好，秦皇漢武唐宗宋祖也罷，誰也比不上諸葛亮。廣大民眾不僅是敬仰作為傑出政治家的歷史人物諸葛亮，而且更多的是熱愛作為中華民族忠貞品格和無比智慧化身的藝術形象諸葛亮。史實與文學藝術的融合，民族道德觀念與審美理想的滲透，在武侯祠表現得非常充分。這也正是我們所說的廣義的「三國文化」的一個特徵。

「諸葛大名垂宇宙」，武侯祠也將名垂千古。

3 尋訪子龍墓

久聞大邑縣有蜀漢名將趙雲的墓，明清兩代，香火隆盛，不知今日情況如何？

初夏的一個早晨，我搭車來到成都西南五十七公里的大邑縣城。出汽車站，沿子龍街東行約一公里，便到了子龍墓所在的錦屏山腳。

關於趙雲的葬地，《三國志・蜀書・趙雲傳》失載。《三國演義》第九十七回寫趙雲卒後，後主「敕葬於成都錦屏山之東」；明人曹學佺的《蜀中名勝記》亦記載：「大邑……有（趙）雲墓」，當有所據。歲月飛逝，人事滄桑，如今，這裡已是大邑縣職業高中的校園。

跨進校園，經過操場，便是子龍廟舊址。據文字記載，子龍廟建於明代，原有山門、大殿、正殿三重建築，規模宏偉；正殿內塑趙雲全身坐像，氣勢不凡；兩旁塑其子趙統、趙廣立像，一握長矛，一捧兵書；天花板上還繪有大戰長坂坡、截江奪阿斗等表現趙雲功績的故事。

目前，這裡僅存一小院落，正殿堆放木料，右廂房為女生宿舍，均不便參觀。子龍廟後，便是子龍墓。墓為棺形，頂部灌木青青，蘭草萋萋，周圍以混凝土覆蓋，這位叱吒風雲的勇將就靜靜地長眠於此。墓前原有石碑，上書「漢順平侯趙雲墓」（趙雲死後追謚「順平侯」），今已不見。墓前墓後，是兩幢教學樓。墓的左前側是一座六角亭，匾名「因山閣」，現在是職業高中的「職工之家」。清晨，這裡鳥鳴啾啾，書聲琅琅；黃昏，這裡琴棋陣陣，笑語紛紛。子龍地下有知，也許會稍解寂寞吧。

當然，子龍廟、墓作為縣級文物保護單位，偪促於職業高中校園，畢竟與文物、旅遊事業有矛盾。多年來，是遷校留廟，還是遷廟留校，兩種方案爭執不下。據學校老師說，縣裡已經決定採納後一種方案，把子龍廟、墓都遷往毗鄰的靜惠山。於是，我又匆匆趕到靜惠山。

靜惠山在大邑縣城北郊，距錦屏山大約一公里左右，已經闢為公園。山中有一小谷，兩旁均有石階。拾級而上，只見滿山松柏，一派靜謐，清風拂面，頓覺氣爽。山上有一片平地，已經新建起子龍祠。祠上懸掛著兩塊匾額，左書「虎威永鎮」，右書「赤膽忠心」；兩邊則是兩副楹聯。從匾、聯的落款來看，祠建於乙丑年（公元一九八五年）。祠僅一重，正中塑老年趙雲的貼金坐像，鎧甲披身，握拳平視，不怒而威，比之成都武侯祠中那尊文官裝束、慈眉善目的趙雲塑像，大概更符合一般民眾的鑑賞心理。趙雲塑像兩側，有三通詩碑，均為當代書法家補書的前人歌詠趙雲的詩作。書體不一，或遒勁，或嫵媚，各見其長；刻工技法不錯，頗能體現書法的神韻。塑像之前，香煙繚繞，可見前來瞻仰者為數不少。塑像左邊牆上，還掛著台灣台中縣大肚鄉趙姓族人兩次前來進香祭拜留下的黃色簽名紗錦。

不過，我覺得這座子龍祠存在一些明顯的不足：其一，格局太小，氣派不足，與趙雲的知名度和靜惠山的山勢太不相稱；其二，設計簡陋，配置闕略，似乎未見專人管理；其三，匾、聯內容平平，題詩太少，應廣泛徵集，擇其佳作勒為碑碣，以供遊人涵詠；其四，祠前既無祠記，又無說明，不便於遊人了解有關情況，也是不應有的疏忽。自然，子龍祠尚屬草創，有待改進，但願有關部門遷建子龍墓時，能作通盤考慮，使這一重要的文化景觀以新的姿態迎接海內外的仰慕者。

子龍祠左側，乃是靜惠山的頂峰。這裡築有一段城樓，城門大書「望羌台」三字。相傳趙雲晚年鎮守大邑，撫綏羌人，此處即為他瞭望之台。望羌台旁，大邑縣電視塔高高聳立。古代征戍遺蹟與現代文明標誌結為伴侶，令人遐思不已。

從子龍街到錦屏山，再到靜惠山，一路詢問商店職工、街頭小販、縫紉女工、鄉村老嫗，無不知道子龍墓。趙子龍影響之深廣，殊堪驚嘆。其實，我在〈論趙雲〉一文（載《三國演義學刊》

第二輯，中國四川省社會科學院出版社一九八六年八月第一版）中已經指出，歷史人物趙雲的勳業相當有限，這種大大超過其歷史地位的影響，乃是千百年來廣大民眾審美心理與作家、藝術家合力的產物。

走出靜惠山公園，回頭仰望，只見山頂一片蒼翠，子龍祠和望羌台都深掩在綠蔭之中。

4 黃忠墓今昔

成都西郊營門口鄉黃忠村，有三國名將黃忠的墓。

黃忠，字漢升，東漢末荊州南陽郡人。原為荊州牧劉表部下中郎將；劉表卒，曹操得荊州，為行裨將軍，屬長沙太守韓玄；赤壁之戰後，劉備奪取荊州江南四郡，黃忠歸順，後隨劉備入蜀。他衝鋒陷陣，勇冠三軍，屢建戰功，曾任討虜將軍。建安二十四年（公元二一九年），在劉備進兵漢中時，他在定軍山奮勇擊斬曹操大將夏侯淵，因功遷征西將軍。劉備奪取漢中後，自稱漢中王，拜關羽為前將軍，張飛為右將軍，馬超為左將軍，黃忠為後將軍，黃忠遂與關羽等人官位相等；加上時為翊軍將軍的趙雲（地位低於前後左右將軍），五人並為劉蜀集團名將，在陳壽《三國志》中合為一傳。經過歷代民間藝人的渲染，《三國志平話》、《三國演義》便把他們說成是劉蜀的

「五虎大將」。

據《三國志・蜀書・黃忠傳》，黃忠卒於建安二十五年（公元二二〇年），後追謚「剛侯」。《三國演義》第八十三回寫他隨劉備伐吳（始於章武元年，即公元二二一年），斬將破敵，不幸中暗箭而亡，顯係虛構，只是為了給他安排一個壯烈的結局。黃忠死後安葬何處，《三國志》沒有說明，但他卒於吳蜀夷陵之戰發生以前，故鄉南陽當時又被曹操佔據，自然應該葬於成都。至於墓塋的具體地點，由於一千餘年來史志失載，後人難以確知而已。

清道光五年（公元一八二五年），當時地名叫「雞矢樹」的農民耕地時發現一塊書有「黃剛侯諱漢升之墓」的墓碑，幾根人骨、一把劍和一塊玉，當即告知地主劉沅（字止唐，雙流人，清代著名學者，為現代著名學者劉咸榮、劉咸炘的祖父，曾選授湖北天門縣知縣，不就）。墓碑上「諱漢升」三字誤，應為「諱忠」。這說明此碑肯定不是三國時期的舊物，大概是唐宋以後人們為黃忠修葺墳墓時所立；但是，這也表明此處應該就是當年黃忠安葬之地。於是，學識淵博、名重鄉曲的劉沅便邀集鄉紳父老，共同捐資修復黃忠墓，墓旁新建黃忠祠。修復的墓高四公尺，周長約十三公尺；墓園種植松柏，象徵一代名將英靈不泯。祠內塑有黃忠全身坐像，白髯長飄，精神矍鑠。當然，這「老將」形象也來自《三國演義》，因為歷史上的黃忠並未留下確切年齡，雖然關羽曾經稱之為「老兵」，但他並不一定年長於關羽。由於黃忠墓的修復和黃忠祠的建立，原來的「雞矢樹」地名逐漸被淡忘，取而代之的是新地名「黃忠墓」。這種「地以人名」的文化現象，在中國歷史上真是不勝枚舉。

自從黃忠祠、墓建成之後，每年清明時節，鄉民們都要在這裡趕廟會，祭祀黃忠，祈禱豐年。黃忠祠、墓由此而成為成都西郊一大景觀。

中華人民共和國成立以後，黃忠祠、墓祭祀之盛似不如前。到了「大躍進」時期，「青年賽過趙子龍，老人賽過老黃忠」的口號流行於神州大地，黃忠祠、墓作為「正宗」的黃忠遺蹟，也就堂而皇之地改名為「黃忠村」，一直相沿至今。

一九六五年，為了修整公路，黃忠墓被挖開，墓園柏樹也被砍伐。這種今天人們難以理解的現象，在那「左」傾思想大行其道之時，簡直算不得一回事。不久，「文化大革命」開始，「破四舊」的狂潮呼嘯而來，黃忠祠、墓更是難逃厄運，塑像被拆毀，匾聯被砸爛。幾經破壞，祠、墓幾乎蕩然無存，惟餘一空空棺槨，在暮色中向憑弔者泣訴「四人幫」的滔天罪行。

今天，當「三國文化之旅」日益受到重視之際，人們一次又一次提到黃忠祠、墓。誠然，時代條件和社會氛圍不同了，黃忠祠、墓在人們心目中的地位已迥異往昔。然而，為了弘揚民族優秀傳統文化，適應文物、旅遊事業發展的需要，我們仍然希望有朝一日能夠重新修復黃忠祠、墓。

5 馬超墓前說孟起

由成都北上，大致沿當年諸葛亮出師北伐的路線，三國遺蹟甚多。其中第一個重要的遺蹟，就是位於新都縣城南二里桂林鄉馬超村的馬超墓。

馬超（公元一七六～二二二年），字孟起，東漢末右扶風茂陵（今陝西興平東北）人。其父馬騰，漢靈帝末年與邊章、韓遂起兵於西州（即涼州），後被朝廷任命為征西將軍，屯駐關中多年；建安十三年（公元二〇八年）被徵入京擔任衛尉（九卿之一），部眾由馬超統領。馬超生於亂世，長於軍旅，武藝高強，驍勇善戰，堪稱一代虎將。建安十九年（公元二一四年）歸劉備，拜平西將軍（先已封為都亭侯）；建安二十四年（公元二一九年），劉備集團眾文武由他領銜（當時諸葛亮、關羽、張飛等人官爵均低於他），尊劉備為漢中王，他陞遷為左將軍；章武元年（公元二二一年），劉備稱帝，以他為驃騎將軍，領涼州牧，進封斄鄉侯，位居蜀漢武將之首（此時關羽已死，張飛為車騎將軍，進封西鄉侯，位略次）。次年，他就溘然而逝，年四十七，後追謚「威侯」。其墓今知有二，除了新都這一處之外，陝西勉縣還有一處。由於年代久遠，資料闕略，孰為真墓，尚難遽爾斷定。這種一人而有數墓的事例，歷史上屢見不鮮，是一個很值得研究的文化現象。

據文字記載，明代的新都馬超墓頗具規模。到了晚清，墓塚經過修葺，高四公尺，周長約五十公尺，氣派儼然；墓前建起了祠廟，供人祭祀。以後，祠、墓迭遭破壞，如今僅存荒塚一座，殘碑兩通。

駐足馬超墓前，不禁感慨繫之。在一般人的心目中，這位蜀漢「五虎大將」之一是一個充滿著陽剛之氣、洋溢著壯美色彩的神奇英雄。你看，潼關大戰，殺得曹操割鬚棄袍，多麼威風！酣鬥許褚，夜戰張飛，多麼勇猛！就連他的形象，也是那麼英俊瀟灑，被冠以「錦馬超」的美譽……。然而，儘管馬超「勇」的性格特徵確有史實依據，但其俊爽灑脫的浪漫主義英雄風貌，卻主要是《三國演義》塑造的結果。歷史上的馬超，實際上是一個心頭傷痕纍纍的悲劇性人物。建安十六年（公元二一一年），他與韓遂等起兵反曹，進逼潼關，結果大敗而回，還連累他那已經進京擔任衛尉的老父馬騰及其全家慘遭殺害。建安十八年（公元二一三年），他依靠羌人東山再起，攻佔涼州諸郡，不久又被楊阜、姜敘等擊敗，妻子兒女都成了刀下冤魂，他本人僅與從弟馬岱、

▲陝西勉縣馬超祠

▲馬超墓今知有二，除了勉縣這一處之外，新都縣還有一處。

部將龐德等少數人逃到漢中投奔張魯。次年正旦（即春節），其內弟給他拜年，他悲從中來，一邊吐血，一邊說：「全家一百多人都已被害，你我二人還有什麼可慶賀的喲！」由於張魯的左右忌嫌他的威名，他在張魯手下鬱鬱不得志，反而時時提心吊膽，便與馬岱輾轉投奔正在奪取益州的劉備。於是，留在漢中的家屬又成了張魯發洩怒火的犧牲品。……短短幾年間，他連連承受著失敗的恥辱，飽嚐喪親的痛苦，真是遍體鱗傷，悲憤莫名。臨終前，他上疏給劉備說：「臣門宗二百餘口，為孟德所誅略盡，惟有從弟岱，當為微宗血食之繼，深托陛下，餘無復言。」（《三國志・蜀書・馬超傳》）這浸透血淚的遺言，實在令人不忍卒讀。

馬超的悲劇還不止於此。在他歸附劉備之後，雖然地位尊顯，劉備還要借其威名爭取羌人，但因他原非劉備的嫡系，劉備對他並不是充分信任，放手使用的。從歸劉到去世，整整八年，他除了偶任偏師，很少統兵出征，只好或企羨黃忠衝鋒陷陣，或坐觀魏延鎮守漢中，豈能有多大建樹？對於一個既想重建功業，又思報仇雪恨的猛將來說，如此空耗歲月，儘管焦躁難忍，卻又無可奈何。而且，走投無路歸附甚晚的他，還得處處小心謹慎，以免別人懷疑他有二心。境遇如此，難道不也是悲劇？

羅貫中充分吸收民間傳說故事的營養，對馬超的命運悲劇作了大幅度的改造，借助「割鬚棄袍」、「夜戰張飛」等虛構情節，塑造出一個所向無敵的俊美英雄，數百年來，備受喜愛。文學藝術的魅力是巨大的，但這樣的馬超形象，顯然已經與歷史人物馬超大有區別。

6 雒城懷古

由新都往北，便進入四川德陽市轄區。這裡分布著多處三國遺蹟，其中最著名的有三處：一是廣漢市的雒城遺址，二是綿竹縣的雙忠祠墓，三是羅江縣的龐統祠墓。

古雒城在今廣漢市城北。東漢時期，這裡長期為益州治所。漢靈帝中平五年（公元一八八年），劉焉出任監軍使者，領益州牧，將州治遷至綿竹（治今德陽市市中區黃許鎮）；初平年間（公元一九〇～一九三年），又遷回雒城；興平元年（公元一九四年），復遷成都。從漢末到三國，這裡一直是成都北面的最後一座軍事重鎮。建安十七年（公元二一二年），駐軍葭萌關（今四川廣元西南）的劉備還攻劉璋，奪取涪縣（即涪城，今四川綿陽市），擊敗劉璋大將劉若、冷苞、張任、鄧賢諸軍；又進兵綿竹，收降李嚴、費觀等人，於建安十八年（公元二一三年）夏包圍雒城。劉備圍攻雒城達一年之久，軍師中郎將龐統率眾攻城時，不幸中流矢身亡。直至建安十九年（公元二一四年）夏，張任出戰被擒，雒城破，成都失去屏障，幾十天後，劉璋就開城出降，整個益州成了劉備的地盤。蜀漢炎興元年（公元二六三年），魏國征西將軍鄧艾偷渡陰平，奇襲涪縣，在綿竹擊破諸葛瞻軍，兵臨雒城，後主劉禪頓時全無鬥志，遣使請降。由此可見，雒城的得失與成都的存亡簡直密不可分。

有趣的是，歷史上劉備取蜀與鄧艾滅蜀，進兵路線的主體部分本來是相同的，都是涪縣——綿竹——雒城——成都；但《三國演義》寫來卻大不一樣。在羅貫中筆下，劉備奪取涪縣後，便直接進兵雒城，結果龐統中伏死於「落鳳坡」；隨後諸葛亮入蜀增援，擒張任，破雒城，然後才攻取綿竹，直逼成都。而寫到鄧艾襲江油，取涪城之後，其進兵路線則基本上與史相合。為什麼會如此？顯然，這不是因為羅貫中不明史實，也不同於他在《演義》中經常犯的地理錯誤——如果他把地理方位弄錯了，那麼，他寫鄧艾滅蜀也應該弄錯才是。其實，這是羅貫中對小說情節的藝術處理問題。歷史上劉備取蜀，龐統功勞最大，襲涪城，敗劉若，取綿竹，降李嚴，圍雒城，均由他贊畫指揮；直到最後勝利的前夕，他才中流矢而死。而羅貫中為了突出諸葛亮的作用，在《演義》中虛構了「落鳳坡中伏」的情節，把龐統之死大大提前，以便讓諸葛亮早日入蜀，親自指揮奪取益州的戰鬥（歷史上的諸葛亮直到建安十九年才到雒城與劉備會合）。於是乎，智擒張任，收降李嚴等等，都成了諸葛亮導演的好戲。像這樣為了塑造人物、編織故事而有意改變軍隊進兵路線的藝術處理，當代藝術家未必都以為然。然而，由於《三國演義》的巨大影響，這些故事已經深入人心，一般人均不以為錯，以致形成了「落鳳坡」等由《演義》派生出來的「三國遺蹟」。這實在是一種非常吸引人的文化現象。

今天，廣漢市政府已在城區房湖公園側建起一道城牆，作為古雒城的象徵。高大的城門上，「雒城」兩個篆體泥金大字顯得莊重肅穆；城上修築門樓，氣勢雄偉。中外遊客到此，紛紛攝影留念。跨入城門，裡面有小丘水池，兒童樂園。一個小院落內，正在舉辦舉世聞名的三星堆出土文物展覽。徜徉於此，浮想聯翩。古雒城，新廣漢，既是古代巴蜀文化的發祥地之一，又是當今四川經濟體制改革的先行縣之一，歷史與現實，竟是如此巧妙地銜接起來，令人涵詠不已。我想，如果把廣漢境內的金雁橋、張任墓、馬岱墓、鄧芝墓等三國遺蹟加以修葺，與雒城城牆互相呼應，那麼，在三國文化之旅中，古雒城將會更加富有吸引力。

7 雙忠祠的沉思

綿竹縣城西，有紀念蜀漢忠臣諸葛瞻、諸葛尚父子的雙忠祠、墓。

諸葛瞻（公元二二七～二六三年），字思遠，琅邪陽都（今山東沂南南）人，蜀漢名相諸葛亮之子。諸葛亮去世時，他年僅八歲，此後備受恩寵：十七歲尚公主，拜騎都尉（《三國演義》誤為「駙馬都尉」）；次年，任羽林中郎將；以後歷任射聲校尉、侍中、尚書僕射，加軍師將軍，官至行都護、衛將軍（《三國演義》誤為「行軍護衛將軍」），平尚書事，成為蜀漢末年執政大臣之一。炎興元年（公元二六三年），魏國征西將軍鄧艾偷渡陰平，奇襲江油，他率軍抵禦，不幸兵敗，與長子諸葛尚壯烈戰死於綿竹。同時死難的還有尚書張遵（張飛之孫）、尚書郎黃崇（黃權之子）、羽林右部督李球（李恢之侄）。

三國時期的綿竹縣治在今德陽市黃許鎮。經過漫長的歷史地理變遷，縣治遷到了距黃許鎮二十餘公里的今址。因此，這裡的雙忠墓應該說是諸葛瞻父子的衣冠塚。

今存的雙忠墓建於清代初年，墓塚高三公尺，周長三十公尺。墓碑原刻於康熙六十一年（公元一七二二年），光緒七年（公元一八八一年）重建，上刻「後漢行都護衛將軍平尚書事諸葛瞻子尚之墓」。墓前為諸葛雙忠祠，建於乾隆二年（公元一七三七年），前殿祀諸葛瞻、諸葛尚父子及張遵、黃崇、李球，後殿祀諸葛亮。一九八七年，當地文化、文物部門在拜殿中製作了大型彩塑「魂壯綿竹關」，藝術地再現了諸葛瞻等五人英勇捐軀的悲壯情景；上方懸掛二匾，一為張愛萍將軍手書的「漢室忠烈」，一為曹禺先生手書的「魂壯綿竹關」。

步入雙忠祠，仔細觀賞大型彩塑，涵詠古今品題，看墓廬靜靜，墓草青青，心中貯滿敬慕之情。中華民族歷來是尊崇忠烈的。諸葛瞻在兵敗勢危之際，斷然拒絕鄧艾的誘降，義無反顧，慷慨赴敵，以死殉國，在蜀漢歷史上寫下了悲壯的一頁。其忠貞的志節，凜然的正氣，與其父諸葛亮「鞠躬盡瘁，死而後已」的奮鬥精神，可謂一脈相承，令人崇敬；甚至連對立的政權，也對此深表嘉許。《晉泰始起居注》刊載西晉王朝的詔命云：「諸葛亮在蜀，盡其心力，其子瞻臨難而死義，天下之善一也。」主張「晉承漢統」的晉代史學家干寶稱讚諸葛瞻：「外不負國，內不改父之志，忠孝存焉。」一千百年來，人們更是異口同聲地頌揚諸葛瞻父子對於蜀漢的赤膽忠心，並把它昇華為對民族、對祖國的忠誠。今天，除了綿竹雙忠祠、墓之外，成都武侯祠的孔明殿中也配祀諸葛瞻、諸葛尚。祖孫三代，一門忠貞，堪稱千秋楷模。

思緒滾滾，我又想到了問題的另一側面。論忠貞，諸葛瞻固然不愧為諸葛亮的兒子；論才幹，他卻遠遠不能望其父之項背。蜀漢末期，後主劉禪昏庸荒怠，宦官黃皓專權亂政。諸葛瞻參與執政的時間雖然不長（公元二六一～二六三年），但憑著諸葛亮之子、後主之婿的特殊身分，如果決心抑制黃皓集團的勢力，按理說是可以起作用的；然而，他對此卻似乎無所作為。所以，諸葛尚在戰死之前痛心地嘆息道：「父子荷國重恩，不早斬黃皓，以致傾敗，用生何為！」（《三國志・蜀書・諸葛亮傳》注引《華陽國志》。今本《華陽國志》文字略異）當諸葛瞻督率諸軍到涪城抵禦鄧艾時，黃崇建議他迅速佔據險要地形，不要讓魏軍進入平原地帶。如果他接受此議，則孤軍深入、糧盡援絕的鄧艾很可能會潰敗；但他卻「猶豫未納」，坐失良機，讓鄧艾長驅直入。當前鋒吃了敗仗之後，他退守綿竹，如果整軍固守，再與扼守劍閣的姜維配合，前後夾擊，仍有可能消滅鄧艾孤軍，那麼，蜀漢的國祚也許還可以延續若干年；然而，他卻輕率硬拚，一下子全軍覆沒。如此一誤再誤，實在令人惋惜不已！綿竹之敗摧毀了蜀漢統治者的鬥志，姜維還來不及聞訊回援，劉禪便已舉起了降旗！當然，善良的老百姓是不會計較諸葛瞻的失誤的，他英勇獻身的壯舉，已經足以令人景仰了。不過，作為政治家，在國難當頭之際，不僅要有為國盡忠的志節，而且要有救亡圖存的良策，這個歷史的經驗不是應該深刻記取的嗎？

8 細雨靖侯墓

由德陽市區沿川陝公路北行二十餘公里，路邊一座「靖侯祠墓」的石碑告訴人們：這裡就是龐統祠墓所在的白馬關。

龐統（公元一七九～二一四年），字士元，襄陽（今湖北襄樊）人。他是東漢末年傑出的人才，年輕時便與諸葛亮齊名，號稱「鳳雛」。赤壁大戰後，周瑜奪取南郡，領南郡太守，以他為功曹。周瑜去世後，他投奔劉備，始為耒陽縣令，不久免官；經魯肅、諸葛亮極力推薦，方受重用，先任治中從事，後與諸葛亮並為軍師中郎將（《三國演義》為了表現諸葛亮與龐統的差別，寫成龐統為「副軍師中郎將」，不當）。他力勸劉備奪取益州以為基業，並於建安十六年（公元二一一年）輔佐劉備入蜀，進獻三策，使劉備軍取白水，襲涪城，奪綿竹，節節勝利，進圍雒城。建安十九年（公元二一四年），他在指揮攻城時不幸中流矢身亡，年僅三十六歲。劉備追賜爵關內侯。後主景耀三年（公元二六〇年），追謚「靖侯」。

關於龐統的葬地，史無明文。由於其故鄉襄陽距離遙遠，且為曹操地盤，還葬原籍是不可能的。按理說，他死於雒城（今四川廣漢北），則葬於雒城的可能性頗大；但至遲從宋代起，今白馬關一帶已有關於龐統墓的記載，南宋大詩人陸游便作有〈鹿頭山過龐士元墓〉一詩（此地原名鹿頭山）。由於這裡地勢高阜，背景開闊，距雒城亦不過數十公里，痛失良佐的劉備將龐統葬於此處也是很有可能的。至於今存的龐統墓，係清康熙四十六年（公元一七〇七年）重建；墓前的靖侯祠，則建於雍正年間（公元一七二三～一七三五年）。

踏訪龐統祠、墓，處處可以感到《三國演義》的巨大影響。本來歷史上的龐統是在指揮攻打雒城時意外中流矢而死的，《演義》第六十三回卻寫成他在「落鳳坡」中埋伏被亂箭射死。這一虛構的情節給這裡的景觀留下了深深的痕跡。此地原名鹿頭山，現在卻稱為白馬關，是因為《演義》寫龐統出兵進攻雒城之前馬失前蹄，劉備讓他換乘自己所騎白馬，遂被張任軍誤認為是劉備，亂箭射之。靖侯祠有三重建築，大門右邊的匾額為「一坡千古」，顯然取材於「落鳳坡中伏」的故事。穿過門廳，便是「龍鳳二師殿」，殿中供奉諸葛亮（臥龍）與龐統（鳳雛）兩位軍師並坐議事的塑像。兩邊的楹聯，有一副是：「兩人有一安天下，千古成雙伴夕陽。」上聯化用「水鏡

▲歷史上的龐統是在指揮攻打雒城時意外中流矢而死的，《三國演義》卻寫成他在「落鳳坡」中埋伏被亂箭射死。這是位於四川羅江的龐統墓。

先生」司馬徽的名言：「伏龍鳳雛，兩人得一，可安天下。」其實，歷史上的司馬徽只是借用龐德公之語，稱諸葛亮、龐統為「伏龍」、「鳳雛」，讚許他們是識時務的俊傑，這膾炙人口的名言則出自《三國演義》第三十五回，乃是羅貫中對史實的合理發揮。二師殿後是「棲鳳殿」，正中塑龐統立像，面色偏黑，氣概灑脫，造型也帶有《演義》的影響。靖侯祠後面，便是龐統墓。墓由條石砌成圓形，高四公尺多，顯得莊重肅穆。墓前兩側各建一亭，人稱「二馬亭」，分別塑白馬和胭脂馬，仍然取材於《演義》中劉備與龐統換馬的情節。龐統墓北面數百公尺，人稱「落鳳坡」，立有石碑；還有血墳一座，相傳為龐統中箭後流血喪身之處：這些都是《演義》的產物。

我曾幾度瞻仰龐統祠墓。最近一次探訪，是在一個細雨霏霏的日子。駐足祠中，留連墓前，更覺思緒綿綿。龐統是幸運的，他遇到了愛才重賢的明主劉備，智慧的火花在短短幾年中發出奪目的光彩。《三國演義》為了突出諸葛亮的形象，有意將龐統之死提前（參見本書第三部分〈雒城懷古〉一文），降低了他為劉備奪取益州所起的關鍵作用；但《演義》虛構他在赤壁大戰中巧獻連環計、在耒陽半天了斷百日積案等精彩情節，又有力地突出了他的才幹，為塑造其形象作了一定的補償，使之成為家喻戶曉的忠烈睿智之士。對於一位三十六歲便不幸去世的人才來說，這已經十分難得了。我由此吟成一首小詩：

細雨霏霏白馬關，靖侯墓前思寂然。
雄略定蜀魂歸去，浩歌千里鑄青山。

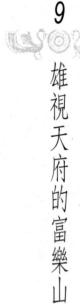

9 雄視天府的富樂山

由龐統祠墓沿川陝公路繼續北上，就進入綿陽市轄區。綿陽在東漢三國時期名為涪縣，它屏藩成都東北，既是劉備攻取益州的大本營，又是諸葛亮北伐的後方基地。境內三國遺蹟眾多，尤其著名的有綿陽市郊的富樂山、蔣琬墓、梓潼的臥龍山、梓潼——劍閣的「翠雲廊」、平武的江由關（江油關）等。

富樂山位於綿陽市東郊二公里處，得名於劉備。建安十六年（公元二一一年），劉備應益州牧劉璋之邀，率軍數萬入蜀；劉璋親率步騎三萬餘人，到涪縣迎接。同宗相聚，「歡飲百餘日」（《三國志・蜀書・劉二牧傳》），氣氛之熱烈可以想見。一天，「劉璋延至此山，望蜀之全盛，飲酒樂甚。劉備嘆曰：『富哉，今日之樂乎！』」（《方輿勝覽》）劉備的讚嘆是由衷的，站在山巔南望，沃野千里，一派富庶，真不愧「天府」美名。這更堅定了他按照〈隆中對〉決策，以益州立國的決心。從此，「富樂山」之名便流傳下來。唐宋時期，這裡已是一方名勝。後因世事滄桑，原有的景觀逐漸湮沒。

一九八七年，綿陽市委、市人大、市政府、市政協決定在該市興建「三國蜀漢旅遊城」，富樂山便是其中最大的景區。整個景區佔地約一千畝（規劃面積為三千畝），在全國大概也算是規模最大的三國遺址風景區了。經過十幾年的艱苦奮鬥，這裡已經建成數十個景點。這些景點，以劉蜀集團的興衰為主線，以涪縣的戰略地位為重心，充分吸收《三國演義》的藝術養分，依山就勢，虛實結合，彼此呼應，營造出濃郁的三國文化氛圍。沿山遍植林木，春來桃紅柳綠，夏日荷葉田田，金秋菊花盛開，隆冬寒梅飄香；雕樑畫棟，重簷挑角，掩映其中，真是美不勝收。在這些景點中，豫州園、綿州碑林、富樂堂、富樂閣特別引人注目。

豫州園是富樂山上最先建成的園林。園名取自宋朝綿州刺史唐庚的詩：「富樂之名誰所留，建安年間劉豫州。」園廣三十餘畝，大門外是一片花圃，色彩豔麗。門聯以劉備劉璋涪城會為題材，聯云：「旗山高會棣棠宴，涪水永傳劉豫州。」園內有荷花廳、知魚亭、煙霞樓、翠竹園、扇面亭、玉泉飛瀑等景點。園雖不大，卻層次錯落，佈局得體，饒有情趣。不過，我覺得「豫州園」之名稍嫌突兀，建議改動一字，叫做：「益州園」。理由有三：其一，園在古涪縣，而涪縣

▲這是置於四川綿陽富樂堂前登山石階上的「五虎上將」塑像

▲四川綿陽富樂山漢皇園

居益州腹心，稱「益州園」，比「豫州園」義順。其二，唐庚詩稱「劉豫州」固然有歷史依據，而且此稱較為人們熟知，但劉備所任「豫州刺史」（陶謙所表）、「豫州牧」（曹操任命），均係空銜，實未據其地而治其民；自建安三年（公元一九八年）入許都朝見漢獻帝後，他的主要官銜是「左將軍」，建安十四年（公元二〇九年）劉琦死後，領荊州牧，故率兵入蜀時官爵全稱為「左將軍領豫、荊二州牧宜城亭侯」。所以，沒有必要以「豫州」為此園命名。其三，二劉相會時，劉璋為益州牧，後來劉備取而代之，取名「益州園」，含有先後益州牧在此聚會之意。管窺之見，不知方家以為然否？

綿州碑林係利用一片三百公尺長的山岩開鑿而成，依山勢起伏，氣勢宏闊。其外有廊，大門有著名戲劇家曹禺先生手書的「綿州碑林」四個大字。跨進大門，迎面為著名畫家吳作人先生手書的「富樂山」石壁，字跡遒勁而端麗。岩壁之中，已經嵌刻古今詩詞題辭數百幅。正中為二十六公尺長的巨幅浮雕「涪城會」。浮雕由著名雕塑家郭其祥教授及其幾位弟子共同創作。它以黑色大理石為底，吸取漢代畫像石的寫實手法，多層次地表現了劉備入蜀的歷史背景和主要場景，佈局嚴謹，形象生動，堪稱上乘之作。縱觀整個碑林，正是一片多姿多彩的藝術長廊。

富樂堂建於古富樂寺舊址，是整個風景區的主體建築。它包含上、中、下三組大殿，為一古典式四合院。主殿高敞，富麗堂皇，陳列著大型圓雕「涪城會」，共塑人物二十尊，每尊均有真人大小，形象逼真，神態各異，攝人心魄。左右繪製十幅壁畫，表現劉備奪取益州的過程。主殿正對戲台，可以經常演出三國戲曲。自九十年代初以來，以富樂堂為中心，正在興建規模宏大的「三國雕苑」。雕苑係四川省美術家協會組織設計，也以郭其祥教授牽頭，由一二〇組圓雕、浮雕和壁畫合成。還在幾年以前，雕苑的全部小樣即已完成，設計相當生動傳神，達到了較高的藝術水準。其中的「五虎上將」已經放大，置於富樂堂前的登山石階上。五員虎將威風凜凜，各具特色，充分體現了中華民族威武豪邁的英雄氣概。整個雕苑將構成一個氣勢磅礡的藝術世界，為三國文化增添一大壯美奇觀。

富樂閣位於富樂山之巔，高四十六公尺，分為五層。它以雄偉的氣勢、典雅的造型，成為綿陽的標誌性建築。國內外遊客登臨此閣，俯瞰綿陽全景，瞭望天府沃野，定會胸襟開闊，逸興遄飛。不過我想，閣名「富樂」，與「富樂山」、「富樂堂」、「富樂園」犯重，似乎不合園林命名的通例。如果要使中外遊客一見此閣就聯想到三國、想到劉備的話，不妨稱之為「昭烈閣」。

10 蔣琬與恭侯墓

綿陽市西山風景區，與城東的富樂山彼此相望。這裡有蜀漢名臣蔣琬的墓。

蔣琬（？～公元二四六年），字公琰，零陵湘鄉（今湖南湘鄉）人。赤壁之戰後，劉備奪取武陵、零陵、長沙、桂陽等江南四郡，年輕的蔣琬歸附了劉備，後隨從入蜀，曾任過廣都（今四川雙流）長。諸葛亮非常賞識蔣琬，稱他為「社稷之器」，先後任命他為丞相東曹掾（主管二千石長吏及軍吏的任免陞遷）、參軍、留府長史。諸葛亮北伐期間，他留守成都，保證了兵員和糧餉的供應，進一步得到諸葛亮的推重。建興十二年（公元二三四年），諸葛亮在北伐前線五丈原病危，密表推薦蔣琬為自己的繼承人。後主劉禪遵從諸葛亮的遺志，任命蔣琬為尚書令，總統國事；次年，又進其位為大將軍，錄尚書事，封安陽亭侯；延熙二年（公元二三九年），再加為大司馬。在蜀漢政權面臨重大考驗之際，他從容自如，迅速安定了人心，穩住了政局，使蜀漢國力有所恢復。延熙元年（公元二三八年），他出鎮漢中，伺機伐魏。六年（公元二四三年），還鎮涪縣（今四川綿陽）。三年後病卒，謚為「恭侯」。因其原籍零陵早已成為東吳地盤，遂安葬於涪縣。

今存的蔣琬墓為清道光二十九年（公元一八四九年）重建。墓前的石梯兩側，排列著圓雕的石人石馬，造型古樸生動。墓碑高二公尺，上書「漢大司馬蔣恭侯墓」，字跡遒勁。墓由長方形條石砌成，呈八角形，通高四公尺，周長二十五公尺，顯得莊重肅穆。墓側建有蔣恭侯祠，祠內陳列著由綿陽市博物館編輯的蔣琬生平事蹟展覽。近年來，祠前塑起了蔣琬銅像，其神情端莊平和，很能體現其個性。如今，這裡遊客不斷，成為綿陽市「三國蜀漢旅遊城」的重要組成部分。

當我與參加「國際三國文化研討會」的中外學者一起參觀蔣琬墓時，法國國家科學研究中心研究員克羅婷・蘇爾夢（Claudine Salmon）女士向我提出一個有趣的問題：「為什麼蔣琬在民間不像姜維那麼出名？」我回答說：「這不是一個純史學問題，而是一個文化心理問題。」事實正是這樣。歷史上的蔣琬，穩重沉靜，秉承諸葛亮的治國方針，把政務處理得井井有條。在軍事上，他清醒地認識到魏強蜀弱的現實，珍惜國力，徐圖進取，決不輕舉妄動。執政十二年，除了派姜維率領偏師攻襲曹魏涼州，以及延熙七年（即曹魏正始五年，公元二四四年）曹魏大將軍曹爽進犯漢中時調兵抵禦之外，他基本上沒有發動大規模的軍事行動，從而舒緩了民力，取得了保境安民的良好

▲四川綿陽恭侯祠

▲這是蜀漢名臣蔣琬的墓。諸葛亮非常賞識蔣琬，稱他為「社稷之器」。當諸葛亮在北伐前線五丈原病危時，密表推薦蔣琬為自己的繼承人。

效果。他為人豁達開朗，嚴於律己，寬以待人。東曹掾楊戲性情簡傲，與蔣琬說話不大恭敬，有時甚至愛理不理的。有人在蔣琬面前攻擊楊戲傲慢太甚，蔣琬卻說：「楊戲不發違心之論，不一味附和我，這正是他爽快之處呵。」督農楊敏指責蔣琬糊塗，比不上前人（指諸葛亮）。有人要懲辦楊敏，蔣琬卻泰然自若地說：「我確實不及前人，楊敏沒什麼可懲辦的。」後來楊敏因事下獄，許多人擔心他會被處死，蔣琬卻秉公論斷，使楊敏得免重罪。因此，蜀漢臣民普遍敬重蔣琬，把他視為賢相。論政績，論品格，蔣琬不愧為諸葛亮的接班人；論歷史地位，他至少應該與姜維並列，實則應該高於姜維；而要論判斷形勢的正確和處理國政的得當，他更是明顯高出姜維一籌。然而，蔣琬執政期間沒有令人目眩的創造，沒有驚心動魄的戰爭，一切都那麼平平和和，順順當當；這雖然在當時受到國人的好評，但在後人看來，卻似乎不如長年馳驅疆場，浴血奮戰的姜維那麼富於傳奇色彩。蔣琬因病而死，其結局也不像竭力救亡圖存，不幸事敗被殺的姜維那樣充滿悲劇情調。從文化心理來說，人們更崇拜轟轟烈烈的英雄：既崇拜所向無敵的勝利英雄，也崇拜慷慨赴死的失敗英雄。因此，後代的民間藝人們總是樂於渲染姜維的功業事蹟。羅貫中繼承了這種文化心理，加之他重在敘述三國的征戰史、興亡史，因此，他雖然在《三國演義》第一〇五回中寫到劉禪「依孔明遺言，加蔣琬為丞相、大將軍，錄尚書事」（按：蔣琬未任丞相，《演義》有誤），卻基本上沒有描寫蔣琬的政績，而徑直把姜維寫成了諸葛亮事業的繼承者。此後六百多年來，由於《三國演義》的廣泛傳播和根據《演義》改編的戲曲、曲藝的反覆說唱，使得一般老百姓都熟知姜維，卻不大知道蔣琬。這樣的文化現象，不是很值得研究嗎？

11 梓潼臥龍山

由綿陽市區沿川陝公路向東北而行，便進入梓潼縣境。這裡有一塊石碑，上書「陂去平來」，意思是秦嶺餘脈至此結束，往南便漸入平地了。由於這特殊的地理位置，它歷來為古金牛道上的咽喉要地。劉備奪取益州後，設置梓潼郡，以此為治所。境內今存劉備駐軍的御馬岡、諸葛亮練兵的演武鋪、七曲山大廟中的關帝殿、李嚴謫居的橫造廬等三國遺蹟，而最有影響的則是臥龍山。

臥龍山位於梓潼縣城西十五公里，亦名葛山、亮山。據《輿地紀勝》記載：「葛山，亦名亮山。舊經云：昔諸葛北伐，嘗營此山，因名。」這就是說，這裡是當年諸葛亮北伐的屯兵之地。關於臥龍山的得名，長期以來還有兩種傳說：一種說諸葛亮駐兵於此時，見山上常有虎豹出沒，蛇蟲肆虐，便親自臥於草中，群獸皆俯伏退避，不敢為害，於是此山就被叫做了臥龍山。另一種說諸葛亮於建興五年（公元二二七年）出屯漢中時，命養子諸葛喬（本係諸葛瑾次子，在諸葛瞻出生之前過繼給諸葛亮）與諸將之子分別領兵轉運軍糧；一次，諸葛喬玩忽職守，貽誤了軍機，被貶謫到梓潼西山為民，次年病死在那裡，年僅二十五歲。從此，西山被稱為葛山；諸葛亮每次北伐，都到那裡探視，所以後人又稱之為亮山、臥龍山。古老的傳說，寄託了歷代人民對諸葛亮公忠體國、清正廉明的高尚品格的崇敬之情。

臥龍山高約八〇〇公尺，聳峙於四周山丘之上。山形如船，南北向縱臥。山頂平坦，周長約三二〇〇公尺。這裡的主要景觀，都與諸葛亮聯繫在一起。山頂西邊有一個水池，名叫「飲馬池」，相傳是諸葛亮的坐騎飲水之處；池前立有石碑一通，上刻「孔明泉」三字；池側有圓形水凼，傳說是孔明坐騎的馬蹄印跡。山頂東北邊，有兩株胸圍達三點五公尺的古柏，鬱鬱蒼蒼，人稱「拴馬樹」，傳說是諸葛亮拴馬的地方。山頂南端是諸葛廟，自南北朝以來，屢加修葺，曾達到三重十八殿的規模，可惜明末毀於兵燹；清道光六年（公元一八二六年）重新修建，僅兩重五殿；寺內有佛教造像一千餘尊，所以又名千佛岩寺。山崖邊一股清泉下流，形成一口水井，可供村民飲用，人稱「諸葛井」。

據方志記載，南宋末年，梓潼縣尉朱子南，在臥龍山和與之相依的牛頭山上修築山寨，名曰「孔明寨」，用以抗擊元軍。山寨以條石壘砌為牆，四面有門，頗為堅固。如今臥龍山僅有一道寨門。牛頭山還遺存部分寨牆，東、南、西三道寨門亦存。其中南門石聯云：「綸巾羽扇驅司馬，神兵逶迤達臥龍」；西門石聯云：「千年至此無驚恐，萬寶從今喜告成」。在那擾攘不安的動蕩年代，諸葛亮的忠貞和智慧給予當地軍民多少鼓舞啊！

尋訪臥龍山，不能不想到梓潼《三國演義》學會的各位先生們。這個學會成立於一九八五年六月，是全國第一個縣級《三國演義》學會。我從一開始就為他們擔任顧問，與他們交往頗多，情誼頗深。十幾年來，他們依靠會員繳納會費和社會各界的支持，堅持每個季度開展一次學術活動，編輯油印刊物，舉辦專題講座，工作搞得有聲有色。為了推動梓潼的文化建設和旅遊事業，他們組織會員，自費調查全縣的三國遺蹟

▲四川梓潼孔明泉

，其中有政協委員、文化幹部，也有退休教師。他們不辭辛苦，足跡遍及各個區鄉，收集了不少有價值的資料。他們舉辦了頗具規模的《三國演義》書畫展，吸引了成千上萬的觀眾。他們還經常在茶館裡面說《三國》，柏樹林中話孔明，受到各界群眾的歡迎。這些僻居山區而奉獻不已的、普普通通的《三國演義》研究者，其影響已經超出縣界乃至省界，給國內外的專家學者們留下了深刻的印象，中央電視台也反映過他們的活動。《三國演義》的藝術源頭是在民間的，在它成書之前產生和受它影響而形成的大量三國故事也是來自民間的，《演義》的巨大社會影響，在很大程度上靠的是在民間的反覆說唱。正是由於廣大民眾的接受和參與，廣義的三國文化才得以延續和發展，長保其絢麗色彩。

12 翠雲廊與張飛柏

由梓潼繼續北上前往劍閣，沿路都是鬱鬱蒼蒼的柏樹，近觀，如同綠色的走廊；遠望，好似青翠的雲帶——這就是享譽中外的「翠雲廊」。

據說，最早在這條古蜀道上大量植柏的是蜀漢大將張飛。建安十九年（公元二一四年），劉備平定益州後，以張飛領巴西太守（治所在今四川閬中）。以後，張飛先後晉升右將軍、車騎將軍，仍繼續鎮守巴西。當時軍務頻繁，必須隨時傳送文表羽書。但因閬中至劍閣、劍閣至梓潼一帶山勢險峻，道路不易辨識，張飛便命令眾軍「植柏表道」，即用柏樹來作路標。於是，一條長達幾百里的柏樹林帶就形成了。這裡還有兩個有趣的傳說：一個說張飛下令植柏是在炎炎夏日，想不到柏樹長得特別快，上午才栽下去，下午就可以遮蔭乘涼了。另一個說當士兵們植柏植到梓潼七曲山時，突然下起了傾盆大雨，士兵們扔下樹苗，跑去躲雨；所以，今天的七曲山大廟附近就長出了一大片柏樹。後來，人們一直把那些數人合抱、久經風霜的古柏叫做「張飛柏」。

當然，在這條道路上植柏的決不只是張飛和他的將士們。據調查，歷史上在這裡大規模植樹共有四次：張飛植柏算第一次。第二次是在東晉時期，目的是培植「風脈」，多出人才；當時還請了著名學者、詩人郭璞撰文，刻碑為記。第三次是在明代正德年間。正德十年（公元一五一五年），廣西武緣（今廣西武鳴）人李璧授劍州知州。在六年多的任期裡，李璧勵精圖治，多所建樹，並發動鄉民整治蜀道，以石砌路，兩旁植柏數十萬株。到清代康熙三年（公元一六六四年），內丘（今河北內丘）人喬缽任劍州知州，看到李

▲翠雲廊因有「如蒼龍蜿蜒，夏不見日」的壯觀景象而享譽中外

璧時種植的柏樹已經長成合抱巨木，從劍閣東南至閬中，西南至梓潼的大道上，形成了「三百長程十萬樹」，「如蒼龍蜿蜒，夏不見日」的壯觀景象，欣然命名為「翠雲廊」，並作詩以詠之。從此，「翠雲廊」的美名便流播四方。第四次是在清代乾隆四十年至四十九年（公元一七七五～一七八四年），鄉紳潘氏父子出資，十年之中共植樹約二萬四千株。由此可見，在翠雲廊植樹是一個延續了一千幾百年的漫長歷史過程，歷代人民都在這裡揮灑過汗水。今天，劍閣縣境內尚存古柏近萬株，梓潼縣境內則有古柏一萬六千餘株，其中樹齡接近漢末三國時代，真正可以稱為「張飛柏」的不過一二十株，絕大部分是李璧及其以後的人們栽種的。儘管如此，民間仍然把植樹的首功歸於張飛，於是翠雲廊也就成為一處重要的三國遺蹟。如果說三國文化是一條源遠流長的江河，那麼，翠雲廊就是其中一朵綠色的浪花。

如今的翠雲廊，與川陝公路時而重合，時而平行，時而偏離。如果要仔細觀賞，最好的是劍閣境內距木材站不遠的一段。這一段與公路大致平行，相距二三公尺至五六公尺，兩頭與公路相交，全長約二百公尺左右；路面全用石板砌成，頗便行人；兩邊都是高大的柏樹，蒼翠欲滴。中外遊客來到這裡，大都要下車走這一段。一九九〇年十月，我陪同以張瑞芳為顧問，徐桑楚、孫道臨為正副團長的「上海三國文化考察團」探訪四川西北的三國遺蹟，當汽車行駛到這裡，一眼就看到鐫刻著「翠雲廊」三個紅色大字的石碑。碑高二公尺以上，一面是張愛萍將軍的題字，一面是沙孟海先生的題字，在這萬綠叢中十分醒目。大家興致勃勃地下了車，走進這段綠色長廊。但見枝柯交錯，濃蔭蔽日，空氣特別清新，令人神志一爽。路邊有一株柏樹，有幹無枝，中有一洞，有被燒焦的痕跡，人稱「阿斗柏」。鄉民傳說：蜀漢後主劉禪（乳名阿斗）降魏後被押往洛陽，途經這裡，突然雨如瓢潑。劉禪看到這株柏樹有個洞，便一頭鑽進去避雨。老百姓痛恨劉禪昏庸亡國，便砍掉樹枝，剝去樹皮，放火燒焦，使它變成了今天這副模樣。簡短的故事，使人領悟到民心所向，正氣所在。

我們重新上車，繼續在綠樹中穿行。巨柏有時多，有時少，但一片又一片的樹林卻不斷撲面而來：有松樹，有柏樹，也有其他多種樹木，漫山遍野，綠染天際。專程來迎接考察團的劍閣縣委副書記說，新時期以來，當地人民年年植樹，愛樹護林已經蔚然成風。我們無不為此感到欣慰。

是的，翠雲廊綠的生命在不斷延續，中華民族的優秀傳統文化也將不斷發揚光大。

13 劍門天下雄

來到劍閣縣境，便進入了廣元市轄區。那是四川三國遺蹟最豐富的地區，如劍門關、姜維墓、葭萌關、鮑三娘墓、費禕墓、明月峽古棧道、籌筆驛等，而劍門關更是中外聞名的一絕。

劍門關位於劍閣縣城北三十公里的大劍山下。大劍山古稱梁山，如劍倚天，峭壁中斷處，兩崖相對如門，故名劍門。三國時期，諸葛亮在此開鑿閣道（即棧道）三十里，稱為劍閣道，並設立關隘，置閣尉戍守。從此，劍門關便成為易守難攻屏藩蜀北的咽喉重鎮。蜀漢炎興元年（公元二六三年），魏將鄧艾、鍾會、諸葛緒三路攻蜀。鍾會率領十餘萬大軍，一舉奪取漢中郡，直逼劍門。原在沓中（今甘肅舟曲西北）屯田的蜀漢大將軍姜維迅即後撤，會合張翼、廖化、董厥等部，退保劍閣，列營守險。鍾會大軍面對雄關峻嶺，屢攻不克，束手無策。相持一兩個月後，鍾會軍糧

▲在歷史上那麼多次征戰殺伐中，沒有一支軍隊是從正面攻上劍門關的。它確實是一道難以逾越的天險。不過，無論劍門關多麼險峻雄壯，也不可能挽救一個衰敗沒落的政權。

草將盡，不得不考慮退兵。如果不是鄧艾已在此時偷渡陰平，奇襲江油，並在綿竹擊破諸葛瞻軍，蜀漢後主劉禪很快投降的話，鍾會真要悻悻而退了。此後，劍門關名聲遠播，成了眾多雄關中的佼佼者。西晉張載稱它「窮地之險，極路之峻。」「一人荷戟，萬夫趑趄。」（〈劍閣銘〉）唐代大詩人李白化用後兩句，寫出了「劍閣崢嶸而崔嵬，一夫當關，萬夫莫開」（〈蜀道難〉）的名句。唐代另一位大詩人杜甫也曾驚嘆：「惟天有設險，劍門天下壯。……一夫怒臨關，百萬未可傍。」（〈劍門〉）在歷史上那麼多次征戰殺伐中，沒有一支軍隊是從正面攻上劍門關的。它確實是一道難以逾越的天險。

不過，無論劍門關多麼險峻雄壯，也不可能挽救一個衰敗沒落的政權。鄧艾偷襲得手，蜀漢朝廷豎起降旗，使姜維堅守劍門關失去了意義。退一萬步說，即使鄧艾偷襲不成，鍾會暫時退兵，國力消耗殆盡的蜀漢也難維持多久的；何況漢中已屬魏國，魏軍隨時可以分路繞道進攻，光靠劍門關又豈能萬無一失？所以，張載繼承前人的思想，在〈劍閣銘〉中寫道：「興實在德，險亦難恃。」隨著國家的統一，時代的變遷，劍門關的軍事價值逐漸降低，而其文化價值則越來越高。它那雄峻的身姿，傲視古今的氣勢，展示了祖國山河之壯麗。久而久之，「劍閣天下雄」成為一大名勝，與「夔門天下險」、「峨眉天下秀」、「青城天下幽」並列為四川最有代表性的景觀。

一千七百年來，劍門關屢建屢毀。清代曾經再次修整，有關樓三重，上書「天下雄關」四個大字。可惜一九三六年修築川陜公路時，關樓被毀。此後數十年間，關樓遺址僅有鐫刻著「劍門關」三字的石碑兩通。這一帶的三國遺蹟俯拾皆是，有關的傳說也相當豐富生動，其中關於姜維的最多。這裡介紹幾個比較重要的遺蹟：一是姜維墓，位於劍門關內（南側）。歷史上的姜維在成都欲利用鍾會造反，借機復國，事敗，被魏軍所殺。在當時那種亂哄哄的情況下，葬於何處，乃是一個歷史懸案。後人敬重姜維對蜀漢的赤膽忠心，便在他最後鎮守的劍門關附近為他修了一座衣冠墓。墓前原建有享堂，今已不存。現存的墓塚高一公尺多，周長不足十公尺，墓前立一石碑，上書「漢大將軍姜維之墓」。二是鍾會故壘，位於劍門關外十里的志公寺至煙墩梁，係當年鍾會進攻劍門關時屯兵處，曾有「鍾會故壘」石碑標記。三是空塚戍，在鍾會故壘附近，今屬劍門鎮青樹村。據《元和郡縣志》，當鍾會受阻於劍門關時，為了激勵將士拚死一戰，便命令部下自掘墳墓，以示斷絕退路，期以必勝的決心。因無所埋，故名「空塚戍」。近年來，當地農民發現過若干古墓，墓以漢磚砌成，穴內並無屍骸，卻有銅錢、劍戟等物，不知是否即「空塚」的遺存。四是鄧艾墓，位於劍閣城外十公里的孤玉山，係鄧艾與其子鄧忠的合葬墓。歷史上的鄧艾並未攻打劍門關，而且死於綿竹之西（《三國演義》第一一九回寫到）。這裡的墓，也許是當時人憐憫他雖有大功而受陷冤死，為其父子建的衣冠塚吧？

近年來，在「劍門關」石碑附近，在公路與山崖之間，又修起一座仿古形的「劍門關」。這

▲姜維葬於何處，是一個歷史懸案。後人敬重姜維對蜀漢的赤膽忠心，便在他最後鎮守的劍門關附近為他修了一座衣冠墓。

樣既不影響公路交通，又可寄託人們的憑弔之情。關樓共兩層，雖非舊物，卻氣勢壯闊，便於觀瞻。關樓旁的山崖上有石階，一直通向附近的棧道。這裡已經成為中外遊客觀賞劍門風光的最佳去處。

14 隆中三顧

「三顧茅廬」是《三國演義》中最優美動人的情節單元之一。它使諸葛亮隱居躬耕的隆中成了天下聞名的三國勝地。

作為一個《三國》研究專家、諸葛亮的崇拜者，我嚮往隆中可謂久矣。然而，過去的許多年裡，我卻一直沒有到過隆中！每當讀到或者講到《演義》的這一部分，遺憾與期待便油然而生。

一九九七年八月，我應邀擔任韓國三國文化考察團顧問，先後考察了七個省市的幾十處三國遺蹟，終於實現了探訪隆中的夙願。

那是一個晴朗的夏日。我們懷著朝聖的心情，來到了位於今湖北省襄樊市城西十三公里的隆中景區。跨進入口，便是一座雄偉壯觀的石牌坊，建於清光緒十五年（公元一八八九年），四柱三樓，正面中間鐫刻「古隆中」三個大字，中間兩柱刻著杜甫詠贊諸葛亮的名句：「三顧頻煩天下計，兩朝開濟老臣心。」整個景區的主要景點，有三顧堂、武侯祠和「隆中十景」。三顧堂位於山腰，是紀念劉備三顧茅廬之處，清康熙五十九年（公元一七二〇年）重建，乾隆和光緒年間曾大規模整修，為一四合院。前廳三間，後廳五間，四周迴廊嵌刻著歷代詠贊諸葛亮的詩文。前廳大門懸掛著「三顧堂」橫匾。門前有三株柏樹，相傳為劉、關、張三顧茅廬時拴馬的遺物。後廳陳列著諸葛亮几、案、榻的複製品，中堂懸掛著三顧茅廬的畫幅。武侯祠也位於山腰，明代正德二年（公元一五〇七年）重建，以後屢加修葺。四重殿宇依山勢而建，擺在一條軸線上，主建築兩側有三重建築，祠宇面積共三五〇〇餘平方公尺。大殿供奉諸葛亮塑像，二殿和三殿闢為陳列室。右側有三義殿，內塑劉、關、張坐像。「隆中十景」均為明清時建造，包括：草廬亭、抱膝亭、六角井、躬耕田、小虹橋、半月溪、老龍洞、臥龍深處堂、梁父岩、丹青苑。草廬亭位於諸葛草廬舊址，重建於清康熙五十九年（公元一七二〇年），為一雙層六角亭，石柱青瓦，高十公尺多。亭下有明嘉靖十九年（公元一五四〇年）刻立石碑，正面書「草廬」二字，背面書「龍臥處」。抱膝亭位於三顧堂下，三層六角，磚柱青瓦，高二十公尺。亭前有石碑，刻「抱膝處」三字。六角井在草廬亭附近，相傳是諸葛亮的生活用水井，今已乾涸。躬耕田在隆中山腳，有二十畝，相傳為諸葛亮躬耕之處。老龍洞是他灌田的引水渠口。臥龍深處堂在三顧堂背後的隆中山稍高處，為

▲湖北襄樊古隆中石牌坊。建於清光緒十五年（公元1889年），四柱三樓，正面中間鐫刻「古隆中」三個大字，中間兩柱刻著杜甫詠贊諸葛亮的名句：「三顧頻煩天下計，兩朝開濟老臣心。」

▲「三顧堂」是隆中景區的主要景點之一

兩進院落，相傳是諸葛亮與師友切磋學問，議論時政的地方。這十景的設置。有的依據史籍，有的則由《三國演義》取義命名，多方面地表現了諸葛亮的隱居生活。當然，一千七百多年前躬耕隴畝的青年諸葛亮決不可能如此闊氣，擁有如此龐大的「產業」。這些星羅棋布、彼此呼應的景點，更多的還是後人想像的產物，寄托了他們對諸葛亮的緬懷和尊崇。直到今天，那來自天南海北的參觀人群，不也是為了表達他們對這位中華民族傑出人物的景仰之情嗎？

一九八八年十月，我到襄樊出席全國第十一次諸葛亮學術研討會，再次參觀了隆中。這次研討會的主題是探討諸葛亮的成才之路，而漫步於三國堂前的「隆中書院」，默默瞻仰青年諸葛亮塑像，細細觀賞「諸葛亮生平事蹟陳列」，深深品味諸葛亮《誡子書》中那些飽含哲理的金石之言：「夫君子之行，靜以修身，儉以養德；非淡泊無以明志，非寧靜無以致遠。夫學須靜也，才須學也；非學無以廣才，非志無以成學……」不禁思接千載，遙想諸葛亮在此勤學自勵，由十七歲的少年到二十七歲的青年，十年之間，挺然而成一代英傑，確實有許多值得總結和學習之處。

這次參觀，印象最深的另一點是，隆中山頂正在興建紀念諸葛亮的「騰龍閣」，東道主還就閣的設計思路徵求過我的意見。站在峰巔，俯瞰山腳的苗圃，如同兩把巨大的綠色羽扇，令人賞心悅目。管理者的巧思，於此可見一斑。

二〇〇〇年七月，我與韓國《三國演義》研究專家鄭元基一起考察湖北、河南的主要三國遺

▲位於隆中山頂紀念諸葛亮的「騰龍閣」

蹟，又第三次參觀了隆中。這時，「騰龍閣」已經建成，雄踞山頂，氣勢非凡。閣共十層，象徵諸葛亮隱居隆中十年；總高四十四公尺，象徵《三國演義》有四十四回寫到襄樊。它猶如一座巍峨的紀念碑，永遠彰顯著諸葛亮的忠貞和智慧，彰顯著中華民族奮鬥不息的偉大精神。我們登臨閣上，飽覽隆中風光，但見峰巒起伏，溪流蜿蜒，綠樹掩映，花枝繁茂，真是一片人間樂土。直到紅日西沉，我們才依依不捨地離開。

隆中，不僅是襄樊的文化標幟，而且是它最寶貴的文化遺產。三顧於茲，意猶未竟。只要有機會，我將再來探訪。

15 初訪許昌

春日的一天，我來到曹魏發祥之地——許昌。

一千八百年前，即建安三年（公元一九六年），東漢王朝的最後一個皇帝——那位被董卓強行劫遷到長安，趁李傕、郭汜彼此攻伐之機車駕東歸的漢獻帝，好不容易回到洛陽，卻又是「宮室燒盡，百官披荊棘，依牆壁間……而委輸不至，群僚飢乏」（《後漢書・獻帝紀》），處境極其艱難。在這重要歷史關頭，時任鎮東將軍，領兗州牧的曹操及時採納謀士荀彧之策，親自率兵到洛陽，奉迎獻帝移駕許縣（時屬豫州潁川郡，治所在今河南許昌東）。自此，許縣便被稱為「許都」。這是漢末歷史的一大轉折，也是曹操一生事業的一大轉折。從此以後，曹操便名正言順地「挾天子以令諸侯，奉王命而討不臣」，在混戰不已的軍閥中取得了政治上的極大主動。這為他爭取人心，

▲曹操採納謀士荀彧之策，奉迎獻帝移駕許縣。自此，許縣便被稱為「許都」。圖為河南許昌漢魏故城遺址。

▲河南許昌灞陵橋是一個典型的由《三國演義》附會而來的「三國遺蹟」

壯大實力，逐步消滅割據勢力，統一北方提供了極其有利的條件。建安二十五年（公元二二〇年）正月，曹操去世，其子曹丕繼位，同年十月就逼迫漢獻帝「禪讓」，正式建立曹魏王朝，真正的「三國」時期也就此開始。為了紀念曹氏昌盛於許縣，曹丕特將其改名為「許昌」，為魏五都之一。因此，許昌從得名之初，便與三國，與曹魏緊緊聯繫在一起，成為研究三國史、《三國演義》和三國文化的人們心儀之地。

出差期間，我參觀了許昌的主要三國遺蹟。

首先參觀的是聞名遐邇的灞陵橋。這是一個典型的由《三國演義》附會而來的「三國遺蹟」。「灞陵橋」本指灞橋，在今陝西西安市東灞水上，漢、唐人每每在此折柳送行，唐宋詩詞常常以之入典，因而為後人所熟知。許昌遠離灞水數千里，怎麼可能有「灞陵橋」？另據《三國志・蜀書・關羽傳》：「初，曹公壯羽為人，而察其心神無久留之意……及羽殺顏良，曹公知其必去，重加賞賜。羽盡封其所賜，拜書告辭，而奔先主於袁軍。左右欲追之，曹公曰：『彼各為其主，勿追也。』」可見歷史上雖有關羽辭曹歸劉之事，曹操也確實以王霸之大度，讓其離去，但卻並未為之送行。《三國志平話》為了表現曹操之奸詐，虛構了這樣的情節：曹操聽說關羽「出長安，西北進發」，採納張遼之計，先於灞陵橋埋伏軍兵，等關羽至，假作奉酒贈袍，欲借機捉住關羽；關羽十分警惕，不下馬，不飲酒，以刀尖挑袍而去。羅貫中對這一情節作了大幅度的改造

▲灞陵橋畔「漢關帝挑袍處」殘碑

▲灞陵橋關羽塑像

，描寫曹操不許部下追趕關羽，而且為了「後日紀念」，親自趕去送行，贈金賜袍，殷殷惜別。他雖然把《平話》中的「長安」改成了許都，糾正了一個明顯的錯誤；但仍把送行地點寫成「灞陵橋」，留下了一個破綻，早期《三國》版本中均有「灞陵橋」三字。到了清初，毛宗崗父子評改《三國演義》時，大概發覺這個地名有問題，便刪去了「灞陵」二字。所以，今天的許昌灞陵橋，確實是《三國演義》的產物。當地一些人也知道這一名稱不太恰當，便解釋說「灞陵橋」乃是「八里橋」的訛音。其實，這倒沒有多大關係。一個遺蹟，不管是從三國時期遺留至今的，還是在三國故事流傳演變的過程中形成的，都有其自身的魅力。當人們徜徉於灞陵橋上，仔細觀賞橋頭那高達八公尺的關羽勒馬提刀塑像，橋西關帝廟中曹操拱手相送的群塑，自然會為關羽「富貴不能淫，威武不能屈」的高風亮節而悠然神往；而曹操敢於成人之美，也使人看到了其性格中豁達豪爽的一面。

隨後參觀的是始建於元代延祐元年（公元一三一四年），重建於明代洪武二十四年（公元一三九一年），再建於清代乾隆二十一年（公元一七五六年）的春秋樓。這也是一處衍生性的「三國遺蹟」，它雖非三國舊物，但其本身，以及樓旁鐫刻於明代景泰六年（公元一四五五年）的《關王辭曹歸劉圖》，均已成為具有重要文物價值的三國文化載體。

當天下午，我參觀了漢獻帝衣冠塚，又名「愍帝陵」。「獻帝」、「愍帝」都是劉協的謚號

▲河南許昌春秋樓。相傳這裡是關羽秉燭達旦讀《春秋》的地方，也是一處衍生性的「三國遺蹟」。

▲漢獻帝衣冠塚，又名「愍帝陵」。「獻帝」、「愍帝」都是劉協的謚號。

。劉協將天下「禪讓」給曹丕後，被封為山陽公，當時蜀中傳聞他已被害，於是劉備為之發喪，追謚他為「孝愍皇帝」。其實，劉協在那以後還活了十四年，直到魏明帝青龍二年（公元二三四年）才去世，被追謚為「漢孝獻皇帝」。一個皇帝而有兩個謚號，劉協大概要算歷史上的第一個，只不過魏晉以後的官方均沿襲「獻帝」這個謚號罷了。據《後漢書・獻帝紀》，劉協死，被以皇帝禮儀安葬於其封地山陽縣（今河南焦作市東），其陵園名曰「禪陵」。許昌的這個墓塚，確實只能叫作「衣冠塚」，它形成於何時，尚難斷定；不過從它又名「愍帝陵」來看，最早也應在魏晉之後。這就是說，它很可能也是早期的衍生性「三國遺蹟」。今存的「愍帝陵」只是一個不起眼的大土包，四周無護欄圍牆。登臨其上，追想漢獻帝風雨飄搖的一生，真是感慨萬端。這位原本相當聰明的皇帝，即位時年僅九歲，歷經董卓之亂、李郭之亂，受盡驚嚇，吃盡苦頭，被連續不斷的折磨弄得狼狽不堪，心力交瘁。手中沒有實力的他，後來落入曹操的控制之下，實在是無可奈何。當然，他並不甘心作傀儡，從十六歲移駕許都起，他不止一次地掙扎過，抗爭過，企圖除掉曹操集團，收回朝廷大權；然而，他和他的擁護者每次都碰得頭破血流。經過幾個回合的殊死較量，忠於漢室的殘餘勢力被誅滅殆盡，連與他共過患難的妻妾董貴人、伏皇后也先後慘死於曹操之手，嚇得他心驚膽裂，萬念俱灰，再不敢有任何作為，而只求苟延殘喘。當早已蛀空的漢王朝大廈終於轟然倒塌時，他只有四十歲，卻已極度衰弱。此後的十四年，他在毫無樂趣中勉強捱過

▲河南許昌毓秀台遺址。是當年漢獻帝祭天處。

▲河南許昌射鹿台遺址。相傳「許田圍獵」的故事就發生在這裡。

，成為劉氏王朝的最後殉葬者。劉協的悲劇，自然是歷史的悲劇——那個腐朽透頂的東漢王朝，不管它曾經多麼強盛，不管它的末代君主怎樣苦苦掙扎，卻無可挽回地走向滅亡。

此後，我還參觀了漢獻帝祭天處——毓秀台、祭祀張飛的張公祠、相傳為許田射獵處的射鹿台等遺蹟，均各有特色。許昌的三國文化遺存實在是太豐富了。由於時間有限，還有一些遺蹟來不及參觀，特別是著名的「受禪台」，未免有幾分遺憾。好在來日方長，且等下一次再來還這個願吧。

16 受禪台與受禪碑

作為曹魏故都，許昌及其附近地區與曹魏有關的遺蹟多於其他地方。其中最有文物價值的，大概要算受禪台和受禪碑了。

受禪台是當年曹丕舉行受禪典禮之處。據《三國志・魏書・文帝紀》，建安二十五年（公元二二〇年）正月，魏王曹操去世，太子曹丕嗣位為丞相、魏王，改元延康。是年十月，「漢帝以眾望在魏……使兼御史大夫張音持節奉璽綬禪位。」經過一番授命——勸進——辭讓的表面文章，曹丕表示接受漢獻帝的「禪讓」。於是在潁陰縣繁陽亭（今河南臨潁縣繁城鎮）築壇，召集公卿、列侯、諸將和少數民族首領數萬人，舉行盛大的受禪典禮，宣告了東漢王朝的終結和曹魏的開端。

所謂「禪讓」，乃是上古時期部落聯盟推選領袖的制度，具有原始社會後期軍事民主制「選賢與能」的意味。傳說中的賢明君主堯以舜為繼承人，舜以禹為繼承人，都是採用這種制度，即對德才兼備、功勳卓著的繼承人加以考察，並得到部落首領們的贊同後，再正式移交領袖權位。進入封建專制社會以後，「禪讓」制早已失去其存在的基礎。然而，當改朝換代不是以戰爭的方式進行，而是由控制朝中大權的獨裁者完成時，某些篡位者為了給自己的登台披上「合法」的外衣，總要逼迫形同傀儡的末代皇帝「禪讓」，以便證明自己是「奉天承運」的真命天子，是為了天下蒼生才不得不當皇帝的。曹丕「受禪」，正是這種把戲。所謂「漢帝以眾望在魏」，不過是說曹氏父子操縱了全部權力，公卿大臣均為其心腹，漢獻帝已徹底失去發號施令的能力，而當上魏王僅僅九個月的曹丕已經想過皇帝癮了。於是，文武百官紛紛勸進，獻帝也只好表示「讓賢」；經過幾次裝模作樣的推辭，曹丕便心安理得地登上了皇帝的寶座。所以，「受禪」典禮一結束，曹丕便得意地對群臣說：「舜、禹之事，吾知之矣。」對此，《三國演義》第八十回作了生動的描寫。

不過，曹魏的國祚並不長久，從公元二二〇年曹丕篡漢到二六五年司馬炎篡魏，首尾僅四十六年。經過將近一千八百年歷史風雨的沖刷，受禪台早已褪去華麗的裝飾，只留下一座似乎已被遺忘的土台。

盛夏的一天，我由許昌來到受禪台。只見它掩映在一片稀疏的樹林中，高約十公尺左右，外表毫不起眼。早上下過一點小雨，地面略顯濕滑。儘管受禪台已被列為河南省級文物保護單位，卻沒有一條通向它的正規道路，也沒有登台的完好階梯。我只得踩著坑坑窪窪的地面走近，再踏著人們用鋤頭挖出的落腳點，拉著濕淋淋的小樹和野草爬上去。台頂是一塊平地，沒有留下任何建築，連前幾年製作的「受禪台」水泥碑也不知何時倒在地上。看樣子，已經許久無人前來參觀了。這冷落的景象，使我不禁想起南宋傑出詞人辛棄疾的詞句：「風流總被雨打風吹去。」是呵，歲月無情，人心如秤，任何顯赫一時的大人物，最終都將接受人民的評判，或享譽千秋，或淪落草塵。曹丕作為一個詩人，尚有幾首佳作；而作為曹魏的開國皇帝，卻乏善可陳。加之長期「尊劉貶曹」思想的影響，後人對受禪台缺乏興趣，實在並不奇怪。

曹丕受禪後，將〈受禪表〉和〈公卿將軍上尊號奏〉刻石立碑，前者即人們所說的「受禪碑」。這兩通碑至今仍保存在受禪台北面五六百公尺的一座房子裡。進得門去，左邊為「受禪碑」，右邊為「公卿將軍上尊號碑」。兩碑高二點九二公尺，寬一點一公尺，厚○點三二公尺，均由曹魏大臣司空王朗撰文，尚書梁鵠書丹，侍中鍾繇刻石（也有人認為兩碑的書寫者並非一人）。由於文字、書法、刻技均為一時之冠，史稱「三絕碑」。儘管字跡已多漫漶，但兩碑至今基本完好，許多字尚可辨認，堪稱中國書法石刻藝術寶庫中的珍品。兩碑之間，有一明代小碑，上刻「漢愍皇帝之神位」（「孝愍皇帝」係劉備對漢獻帝的謚號，參見本書第三部分〈初訪許昌〉一文）。據介紹，這裡原

▲受禪台是當年曹丕舉行受禪典禮之處。經過將近一千八百年歷史風雨的沖刷，受禪台早已褪去華麗的裝飾，只留下一座似乎已被遺忘的土台。

▲河南臨潁碑樓。中間小碑上刻「漢愍皇帝之神位」，左邊為「受禪碑」（圖右），右邊為「公卿將軍上尊號碑」（圖左）。

為魏文帝廟，明代嘉靖年間，許州知州邵全出於「尊劉貶曹」的心理，下令毀掉曹丕塑像，換上漢獻帝的神位，並將廟名改為漢獻帝廟。後來廟宇毀圮，當地群眾便在廟址旁臨時建房，保護兩碑，號曰「碑樓」，以待更完善的保護措施。看來，即使在「貶曹」意識長期居於主導地位的氛圍下，人們仍然十分重視對這兩件記載著曹魏建國歷史的文物的保護，這大概可以說從另一個角度體現了人民的公正態度吧。

17

三國勝蹟萬里行

一九九七年八月，我應韓國三國文化考察團之邀，以考察團顧問的名義，和他們一起考察與三國有關的部分名勝古蹟。我知道，《三國演義》是在韓國讀者最多、影響最大的一部中國小說；最近，電視連續劇《三國演義》在韓國播出，深受觀眾歡迎，激起了一波「三國熱」。正是在這樣的背景下，韓國學者特地組織三國文化考察團，打算比較全面地向韓國民眾介紹三國遺蹟。——自中韓建交以來，雖有若干韓國遊客參觀過一些三國遺蹟，但專門組團，系統考察，這還是第一次。

考察團的組成規格比較高，成員共十一人，其中包括八位學者，還有韓國國家電視台派出的一個三人攝製組。他們先飛抵北京，到河北涿州探訪劉備故里、張飛古井、三義村等遺蹟，然後

◀湖北當陽關陵，係關羽陵墓。關羽「大意失荊州」後被吳將所殺。孫權將關羽首級送往洛陽呈給曹操，同時以諸侯之禮葬其屍骸於此。故民間有「頭枕洛陽，身困當陽」之說。

▼河南洛陽關林，是安葬關羽首級的地方。中國古代帝王墓塚曰「陵」，聖人墓塚曰「林」。孔子是「文聖」，有「孔林」；關公是「武聖」，稱「關林」。

到達鄭州。我則趕到鄭州與他們會合，一同繼續考察。十八天中，我們東西驅馳，南北奔走，再順江而下，先後經過河南、安徽、陝西、四川、重慶、湖北、江蘇等省、市，最後到達上海，行程逾萬里。炎炎夏日，我們頭頂驕陽，腳步匆匆，沿途參觀了河南滎陽的虎牢關，洛陽的關林，安徽亳州的華佗庵、曹操宗族墓群，陝西岐山的諸葛廟、五丈原，勉縣的武侯祠、武侯墓、馬超祠墓、劉備稱漢中王設壇處、諸葛亮製木牛流馬處，漢中市區的馬岱斬魏延處，四川劍閣的劍門關，劍閣——梓潼的翠雲廊，成都武侯祠，雲陽張飛廟，奉節白帝城，湖北當陽的關陵、長坂坡，荊州的古城樓、關帝廟、關公城、春秋閣，襄樊的隆中，蒲圻的赤壁，武漢的黃鶴樓，南京的石頭城、孫權墓，鎮江的北固山、甘露寺，無錫的三國城，等等。真是：悠悠三分事，漫漫魏蜀吳。

在十八天的考察中，每天出發前，我都要向團員們簡要介紹當天將參觀的主要內容，回答大家提出的問題；實地考察時，我還多次接受攝製組的採訪。正是在履行顧問職責的過程中，我與韓國學者進行了一次生動具體的三國文化交流。

綜觀全國各地的三國遺蹟，可以看到兩個突出的特點：其一，在眾多的遺蹟中，與劉蜀集團有關的遺蹟佔有明顯的多數。即使在曹魏集團統治地區，也是如此。如虎牢關之所以為廣大民眾熟知，主要是由於劉關張「三英戰呂布」的故事；涿州劉備故里、洛陽關林、岐山五丈原、襄樊

▲陝西岐山五丈原諸葛亮廟八卦亭

▲陝西勉縣武侯墓

隆中，以及甘肅祁山武侯祠等著名遺蹟，均在原曹魏統治區域。而與曹魏有關的遺蹟，數量不多，名氣也相形見絀。這種狀況，顯然受到宋元以來，特別是《三國演義》成書以來流行的「尊劉抑曹」傾向的影響。不過，需要強調指出的是，這種「尊劉抑曹」傾向，不能簡單地稱之為「封建正統思想」，而主要體現了廣大民眾按照「撫我則后，虐我則仇」的標準對封建政治和封建政治家的評判和選擇，具有歷史的合理性。其二，正如我多次指出的，今天所說的「三國遺蹟」，大部分並非嚴格意義的「由三國時期遺留至今的古蹟」，而是在漫長的歷史過程中逐步形成的「與三國有關的名勝古蹟」。儘管它們不能與三國歷史畫等號，但卻寄託了歷代人民對三國史事和三國人物的追慕和緬懷，表現了人們的愛憎、理想和願望；它們的形成演變本身，也已成為歷史，從一個側面反映了我們民族心靈變遷的歷程。這充分證明了三國文化的寬泛性。

在考察的全過程中，我們時時感受到三國文化的巨大影響。無論走到哪裡，無論遇到的是白髮老翁、中年遊客還是十幾歲的娃娃，說起三國故事、三國人物，都是津津樂道。就連旅行社的司機，對《三國演義》也相當熟悉。特別是在洛陽關林、成都武侯祠、雲陽張飛廟、奉節白帝城、襄樊隆中、無錫三國城等勝地，四面八方的遊客紛至沓來，一個又一個的旅行團接踵而至，簡直給人以應接不暇的感覺。三國文化的豐富內涵及其在國內外人民中的深厚根基，賦予這些名勝以強大的吸引力，使之成為一大筆寶貴的旅遊資源。

◀四川雲陽張飛廟因瀕臨長江，很多輪船均可停靠，前往參觀的遊客每年都在二十萬以上，其知名度也越來越高。

▼江蘇無錫原本沒有什麼三國古蹟，但拜其作為電視連續劇《三國演義》攝製基地的有利條件，及時建成「三國城」，使其成了獨具一格的三國文化載體。

近年來，四川、湖北、河南、陝西、甘肅等省都在積極開發三國旅遊線。早在一九九二年，我就曾在《文匯報》發表文章，對這一工作提出了幾點建議。結合此次考察的感受，我想著重強調這樣兩點：第一，在三國旅遊線的開發中，一定要高度重視交通問題。作為全國武侯祠中最有代表性的兩座，成都武侯祠的遊客比勉縣武侯祠多出好幾倍；同樣是關羽的祠墓，洛陽關林的遊客也比當陽關陵多得多。差距如此之大，不是由於景點的歷史文化價值高下懸殊，關鍵的因素是交通。成都、洛陽均為歷史文化名城，交通便利，為有關景點提供了極為豐富的客源；而勉縣、當陽離中心城市較遠，往返不太方便，這就大大限制了當地旅遊的規模。現代的遊客，總希望在較短的時間裡多參觀一些景點，這樣，景點是否易來易去便成了一大制約因素；再好的地方，如果交通不便，多數遊客也只好「心嚮往而不能至」了。因此，文化、旅遊、交通等部門必須通力合作，進行綜合開發。雲陽張飛廟、奉節白帝城均不在大城市，但因瀕臨長江，很多輪船均可停靠，前往參觀的遊客每年都在二十萬以上，其知名度也越來越高。第二，在景點的建設中，必須發揮各地獨特的優勢。比如無錫，原本沒有什麼三國古蹟，但有關部門抓住其作為電視連續劇《三國演義》攝製基地的有利條件，及時建成「三國城」，並發揮其獨特優勢，不僅以「曹營水寨」、「三江口吳營」、「周瑜點將台」、「吳王宮」、「甘露寺」等實景構成氣勢宏大的景區，而且擷取《三國》電視劇中的精彩片段，如「三英戰呂布」、「劉備招親」等，每天輪換表演

◀四川廣元明月峽古棧道

▼四川廣元葭萌關

，極大地吸引了國內外廣大遊客。這樣，無錫「三國城」便成了獨具一格的三國文化載體，成為三國勝蹟旅遊者喜愛的處所，取得了良好的效益。

這次考察的範圍雖然不小，但因時間有限，仍有許多重要的三國遺蹟未能參觀，如河南許昌的曹魏故城，山西運城的關帝廟，甘肅禮縣的祁山堡，四川廣元的明月峽古棧道、葭萌關，綿陽的富樂山、蔣琬墓，德陽的龐統祠墓，閬中的張飛墓，等等。希望韓國朋友今後有機會再次組團，逐步彌補自己的遺憾。

附記：考察團隨行攝製組已將考察過程整理為十五集電視專題片《中國文學紀行——《三國演義》》，並在韓國國家電視台播出，產生了相當大的社會影響。

18 訪清徐羅貫中紀念館

古典小說名著的偉大作者們，大多數生前是寂寞的。《三國演義》的作者羅貫中、《水滸傳》的作者施耐庵、《紅樓夢》的作者曹雪芹都是如此。隨著這些名著逐漸深入人心，家喻戶曉，以至被奉為中華文化的重要典籍，人們對這些偉大作家也越來越尊崇。前些年，北京、遼寧有了曹雪芹紀念館，江蘇興化有了施耐庵紀念館，唯獨羅貫中，卻似乎沒有一座春秋祭祀、四時瞻仰的享堂。這不能不讓《三國演義》研究者們遺憾和牽掛。

如今，位於太原近郊的山西清徐終於出現了全國第一座羅貫中紀念館。這該是怎樣地令人嚮往呵！

一九九九年九月，借到清徐出席第十二屆《三國演義》學術討論會之機，我兩次參觀了羅貫

▲山西清徐羅貫中紀念館羅貫中塑像

▲山西清徐三國城

中紀念館。

出清徐縣城，北行約二公里，就到了羅貫中紀念館。它坐落於中隱山麓，清泉湖畔，位於清徐「三國城」的正前方，環境相當開闊。整個紀念館佔地約五五〇〇平方公尺，規劃建築面積一二〇〇平方公尺。我去參觀的時候，修建工程尚未全部完成。

跨入具有傳統風格的大門，首先看到的便是白色花崗石雕成的羅貫中塑像。塑像高三點六公尺，底座高三點八公尺，總高七點四公尺。大概是因為一般認為《三國演義》寫於羅貫中晚年吧，羅貫中被塑成老年形象，面容比較清臒，神情凝重。他右手背在身後，左手舉在胸前，握著書卷，目光炯炯地瞻望著遠方。根據明代人的記載，羅貫中曾是「有志圖王者」，曾經參與元末群雄並起時的政治軍事鬥爭，後因鬱鬱不得志，這才棄劍握筆，「傳神稗史」，寫出了不朽的文學巨著《三國演義》和《水滸傳》（關於《水滸傳》的作者，明人有羅貫中作、施耐庵作、施作羅續等幾種說法，而羅貫中作的記載較早）。這尊塑像，正表現了羅貫中縱觀歷史風雲的氣概和嚮往國家統一的心理。長方體底座的正面，鐫刻著相傳為羅貫中著作的幾部小說名和戲曲名（其中有的作品，如《隋唐志傳》、《殘唐五代史演義傳》，可能係後人假託）。其餘三面，一面刻著清徐縣政府的〈羅貫中塑像碑記〉，一面刻著〈羅貫中傳略〉，一面刻著山西大學老教授姚奠中先生的題詩：「文壇稱巨擘，功在兩奇書。探跡窮幽隱，深淵可得珠。」（按：「兩奇書」，指《三國》、《水滸》）塑像下面是大理石基，四周是石砌的台階和護欄，顯得莊重而肅穆。

羅貫中塑像後面，是一口荷塘。待到荷花滿塘，清香襲人，將更好地襯托出偉大作家的高潔品格。一座石砌玉帶橋從塘上跨過，通向規劃中的正廳（紀念大廳）。荷塘側後方，南北相對的是兩間展室。北展室（荷塘左後方）展出的是羅貫中研究資料，南展室（荷塘右後方）展出的是有關清徐羅氏的本源和發展的資料。紀念館周圍還有兩條長廊。已經完成的建築面積共約一〇〇〇平方公尺。按照建設者的計劃，正廳和圍欄將於二〇〇〇年建好，相應的綠化、美化工作也將一併完成。那時，整個紀念館就將形成一個比較完整的園林式建築。

有人可能會問：為什麼清徐人要修建這座羅貫中紀念館呢？原來，自明代以來，關於羅貫中的籍貫，分別有「東原」（今山東東平）、「太原」（今山西太原）、「錢塘」（今浙江杭州）等多種記載。本世紀三十年代以來，特別是八十年代以來，學術界在這個問題上的觀點集中為「東原」說與「太原」說之爭。近年來，有的持「太原」說的學者在清徐發現了一部明代隆慶元年（公元一五六七年）始纂，清代同治壬申（公元一八七二年）重修的《羅氏家譜》，卷首的〈序〉稱其始祖於五代後唐時由四川成都府遷居清徐。他們結合有關資料，認為《羅氏家譜》中第六代羅錦的次子即羅貫中。這一見解，得到了清徐羅氏後裔的認可。於是，清徐各方人士便把清徐稱為「羅貫中故里」，並特地成立了「羅貫中研究會」。為了宣傳這一觀點，在清徐修建羅貫中紀念館自然是順理成章的了。

嚴格地說，關於羅貫中的籍貫，目前還是「東原」說與「太原」說兩說並存，相持不下。「清徐」說實際上是「太原」說的延伸和坐實，但在年代、世系的計算等問題上尚有明顯的漏洞，迄今尚未得到學術界的公認；即使是持「太原」說的學者，多數也尚未表示贊同「清徐」說。最近，著名學者陳遼先生在細讀《羅氏家譜》之後，寫了〈太原清徐羅某某絕非《三國》作者羅貫中〉一文，指出：清徐羅氏從康熙年間的羅鰲（《羅氏家譜》中的第十四代）起，便將「先祖」、「遠代祖宗」與《家譜》中的「始祖」、「第一代」混為一談，即將五代後唐時期從成都來到梗陽（即今清徐）的「先祖」等同於生活在元代的《羅氏家譜》第一代羅仲祥，從而造成巨大的時間差錯。如果羅仲祥真的是五代後唐時人，則第六代羅錦之子應當生於公元一〇八六年左右（北宋中期），他與元末明初的《三國演義》作者羅貫中毫不相干。由此可見，羅貫中籍貫問題的解決，還需要經過艱苦細致的努力。儘管如此，清徐羅貫中研究會和其他人士的努力仍然是很有意義的。無論今後得出的最終結論是什麼，有一點是可以肯定的：羅貫中是全體中國人民的驕傲，《三國演義》是全體中國人民的瑰寶。任何地方的中國人都有權力尊崇羅貫中，都有義務宣傳羅貫中。我們應當以開放的心態看待有關羅貫中的研究和宣傳，對每一份真誠的努力都應當給予充分的尊重。這樣看來，清徐人在全國率先為羅貫中修建紀念館，不正是一件大好事嗎？

正因為如此，我才滿懷虔誠，連續兩次參觀了羅貫中紀念館，並向清徐的同仁們表示了深深的敬意。

19 富春江畔，孫權故里

杭州西南三十餘公里處，美麗的富春江畔，座落著今天的富陽市。這裡漢末三國時期屬於吳郡富春縣，乃是東吳政權的開創者孫策、孫權的故里。

據《三國志・吳書・孫破虜傳》（按：孫堅參與討伐董卓時，袁術表其為「行破虜將軍，領豫州刺史」，故《三國志》稱其為「孫破虜」）：「孫堅字文台，吳郡富春人，蓋孫武之後也。」另據《新唐書・宰相世系表・三下》，春秋時期的大軍事家孫武有「三子：馳、明、敵。明食採於富春，自是世為富春人。」以下世系一直排到第二十五世孫堅之父孫鐘。這說明孫堅確實是孫武的後人。熹平元年（公元一七二年），年僅十八的孫堅參與討破起兵造反的許昌，因功而任鹽瀆丞（鹽瀆，今江蘇鹽城西北），以後又歷任盱眙丞（盱眙，今屬江蘇）、下邳丞、議郎、長沙太守，長期在外做官，因此孫策、孫權都不是出生於富春。然而，孫策、孫權先後創立江東基業，富春作為「龍興」之地，在東吳自然具有特殊的地位。此後的一千八百年間，孫權作為一代雄主，一直在歷史上享有盛名，「生子當如孫仲謀」的美譽流播海內外。富陽作為孫權後裔的聚居地，也長期吸引著《三國》愛好者的目光。

一九九二年八月下旬，當代著名學者、雜文大家何滿子先生賜函給我，說富陽有關方面打算舉辦一次關於孫吳的專題研討會，請他幫助聯絡，希望我們中國《三國演義》學會予以支持。後來我才知道，何老就是富陽人，原名孫承勳，正是實實在在的孫權後裔。對這樣的好事，我們理所當然地表示了支持。九月下旬，我和譚洛非先生應邀前往富陽，對孫權故里進行實地考察，並與當地同仁商定，第二年舉行「孫吳與三國文化研討會」。一九九三年五月，由中國《三國演義》學會和富陽縣政府（當時尚未改市）聯合主辦的「孫吳與三國文化研討會」在富陽順利舉行，來自北京、天津、上海、河南、湖北、江蘇等十幾個省市的五十餘名《三國演義》專家、三國史專家和從事三國題材創作的藝術家出席了這次盛會。我也再次前往，除參與會議組織工作外，還和大家一起，遊覽富春江，探訪嚴子陵釣台，而更多的則是再訪孫權故里，留下了深刻的印象。

今天的富陽，孫姓聚居的村鎮多達三四十個。從他們的族譜來看，都是孫權的後裔，其中主要有兩個支系：一部分是孫權第三子孫和之後，一部分是孫權第六子孫休之後。根據《三國志・

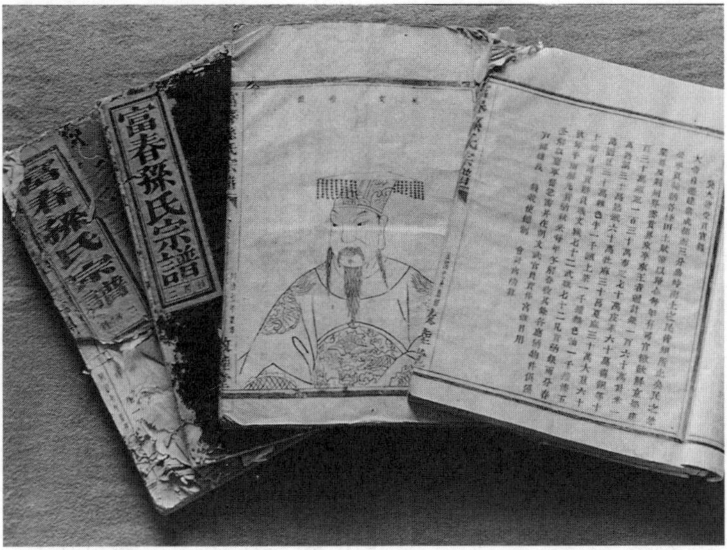

▲浙江富陽《富春孫氏宗譜》

▲浙江富陽龍門鎮。孫權後裔最大聚居地。

吳書》的記載，在孫權的七個兒子中，長子孫登、次子孫慮早卒；四子孫霸、五子孫奮未得善終；七子孫亮十歲繼位，十六歲被廢，十八歲又被迫自殺；他們或者無後，或者子嗣單薄。三子孫和先被立為太子，後雖被廢，但其子孫皓後來卻做了東吳的最後一個皇帝，在位達十五年；六子孫休在孫亮被廢後也當過七年皇帝。因此，孫和、孫休子孫繁衍是很自然的。

在這些孫姓聚居地中，哪一處才是真正的孫權故里呢？當地人士大多認為，應該是在王洲。王洲別名洋漲沙，位於富陽城南二十公里，富春江東側，乃是江水長期沖積而成的沙洲，今屬場口鎮，面積為七平方公里。相傳孫權的祖父孫鐘曾經在此種瓜，奉養老母，瓜味甚美，孫鐘又樂善好施，聞名遠近；後因孝感上天，得到神助，所以子孫發跡。至今王洲的瓜橋埠村口還矗立著一塊「濟世其美」石碑；橋的旁邊，有一片土地，人稱「雄瓜地」，據說是孫鐘當年種瓜之處，如今新樹了一塊石碑，由陶大鏞先生題名；橋的對岸則有「集善亭」，內有清代光緒年間刻的石碑，記載了孫鐘種瓜的故事。這裡原有當地民眾為追尊孫權而建的「吳大帝廟」，不久前又新修了「孫權故里」紀念碑亭，著名書法家趙樸初先生手書「吳大帝故里」碑，費孝通先生手書「吳大帝孫權故里」碑，從而構成了一個紀念孫權的景區。我們去參觀時，由於下了一夜小雨，道路泥濘，村民們沿路鋪上稻草，夾道歡迎我們，還不時燃放爆竹，氣氛十分熱烈。在「吳大帝廟」，村民們興高彩烈地前來瞻仰，擠得水洩不通，表現出對鄉邦文物的強烈自豪和弘揚東吳文化的滿腔熱情。

◀南京孫權塑像

▼浙江富陽瓜橋埠。孫權故里。

今天的王洲鄉，有四個村為孫姓聚居地。除此之外，富陽其他的孫姓聚居地也多數源出王洲，其中最大的是龍門古鎮。全鎮二千多戶，六千多人，百分之九十以上是孫姓村民。這裡前臨沙洲，背靠龍門山，地勢優越，是富陽的經濟中心之一，歷來商貿發達，文化昌盛，人才輩出，何滿子先生便是從這裡走出去的。我們去參觀時，見到鎮裡還保存著若干古蹟，其中孫氏祠堂規模宏大，風格古樸，可以想見當年祭祀之盛。

在這次研討會上，學者們討論了對孫權的評價、孫吳集團的歷史地位和吳文化的特色。大家認為，這些年來，三國文化研究，包括三國史和《三國演義》研究，取得了長足進展，而對東吳的研究卻是一個薄弱環節。這次研討會是多年來第一次集中研討吳大帝孫權和東吳的全國性、高層次學術會議，對於彌補這一薄弱環節，全面推進三國文化研究，具有非常重要的意義。會議大大提高了富陽人研究孫吳與三國文化的積極性。他們趁熱打鐵，當年九月就成立了富陽《三國演義》學會，聘請何滿子先生和我為顧問。九年來，他們每年都組織學術活動，先後收集到多種《孫氏家譜》，發現了《天子玉牒簡要》、《吳大帝受貢實錄》、《天子自序》等珍貴史料，為推動孫吳與三國文化研究作出了獨具價值的貢獻。

呵，風光旖旎的富春江，山青水碧的孫權故里，我真想再次徜徉其中，細細領略孫吳文化的雄奇與秀美！

20 寶島歸來話《三國》

一九九九年十二月，應台灣沈春池文教基金會邀請，由中國藝術研究院負責籌備的「《三國演義》文化藝術展」在祖國的寶島台灣隆重舉行。我以學術顧問的名義參加了展覽代表團，短短的八天時間裡（十二月十日～十七日），對《三國演義》在台灣的廣泛傳播和巨大影響有了真切的感受。

二月十一日，「《三國演義》文化藝術展」在台北「國父紀念館」（孫中山紀念館）隆重開幕。紀念館前，牽開了紅底金字的橫幅；門口擺放著各界人士贈送的慶賀花籃；四周的迴廊和階梯，飄揚著無數面繪有「風雲再現，《三國演義》博覽會」字樣的彩旗。展覽還沒開始，紀念館前就已排起了長長的隊伍，其中有大學生、中學生、小學生，有各行各業的人們，有退伍老兵、家庭婦女，真是觀者如堵，盛況空前。台灣政界、文化界、學術界的許多知名人士也紛紛前往參觀，引來不少記者前往採訪。

整個展覽分為兩大展廳。第一展廳是「三國史話」，介紹了從歷史上的三國到小說《三國演義》的演變發展過程，包括十七個部分：一、漢末風雲；二、曹操稱雄；三、官渡之戰；四、曹操北征；五、孫氏崛起；六、劉備創業；七、赤壁之戰；八、劉備取蜀；九、荊州得失；十、夷陵之戰；十一、諸葛治蜀；十二、矢志北伐；十三、天下歸晉；十四、從歷史到小說；十五、金戈書生；十六、版本與研究；十七、走向世界。它猶如一座漫長的時間隧道，讓觀眾穿越時空，重溫那段干戈擾攘、驚心動魄的歷史，去領略三國英雄智術武勇的風采，並了解《三國演義》成書和傳播的概況。第二展廳是「三國文化」，介紹了《三國演義》問世六百多年來衍生的諸多文化現象，包括六個部分：一、三國題材戲曲影視；二、三國題材書法繪畫；三、關公文化；四、三國題材工藝美術；五、三國故事雕塑；六、三國尋蹤。其中「關公文化」是針對台灣普遍的關公崇拜而特別設計的，收集了各種各樣的關羽塑像、雕像、畫像、圖片；「三國尋蹤」則是眾多三國遺蹟的一部形象導遊。它猶如一座絢麗多彩的藝術大觀園，展現了《三國演義》對中華民族精神生活的巨大而深遠的影響，令人感到美不勝收。第一展廳陳列的東漢銅鼓、三國兵器、陶俑、木牛流馬和棧道模型，引起了觀眾的極大興趣。第二展廳陳列的青銅製作的漢末三國戰陣、選自四川綿陽富樂山的二十六組三國故事雕塑，以其雄偉的氣勢、精美的造型而引人駐足；而形形色色的木雕、瓷器、泥人、絹人、剪紙、繪畫，也令人久久留連。許多學生邊看邊作筆記，有的甚至整段整段地抄寫展板上的解說文字；許多年輕的父母帶著孩子，一邊參觀一邊對照講解《三國》連環畫上的故事；許多孩子爭先恐後地試開「孔明鎖」，看看誰更聰明；還有許多人圍觀別具一格的「盤中戲」，隨著木棍輕輕敲擊銅盤，盤中的人物便動了起來，給人以栩栩如生之感……觀眾的熱情，使展覽的策劃者、組織者們深受感動。

圍繞著這次展覽，台灣方面設計了若干周邊活動，例如「關公文化研討會」、「企業家談三國鼎談會」、「三國掌中劇（木偶戲）表演」、「三國創意徵文、創意詩詞徵選活動」（以「趣拼三國」、「喜怒哀樂看三國」、「三國啟示錄」為主題）、「過五關斬六將——三國冠軍通猜謎活動」、「三國捏捏樂——創意捏陶比賽」、「三國遊園活動」，等等。台灣著名的網絡公司「蕃薯藤數位科技」也專門開設了「三國活動網站」。這些活動，群眾性、參與性都很強，反映了台灣廣大民眾對《三國演義》的濃厚興趣。它們與「《三國演義》文化藝術展」互相呼應，有聲有色，將在整個台灣掀起新的一波「三國熱」。

長期以來，《三國演義》和三國文化在台灣民眾中影響極大。《三國演義》中的重要人物關羽、諸葛亮、趙雲等，都有專門祭祀的廟宇。尤其是作為「忠義」化身的關羽，更是被當作保護神和財神而廣泛崇拜，關帝廟遍布於台灣各地。台灣學者仇德哉的《台灣寺廟文化》一書，登錄關帝廟達三六八座，據說還有遺漏，實際總數當在四〇〇座左右。這一數字是相當驚人的。在一般寺廟的裝飾藝術中，三國故事也是最常見的題材。台灣學者陳益源最近主持過嘉義縣寺廟雕繪藝術調查，對全縣一五三座各類寺廟近五〇〇則故事彩繪作了統計，發現取材於《三國演義》者約佔五分之二，居所有古典小說之冠。台灣民間流傳的三國故事也不少，其中仍以關公傳說為多。三國題材的戲曲、影視，一直擁有廣大的觀眾。前幾年台灣播放中央電視台製作的電視連續劇《三國演義》，反響極為熱烈；而台灣一九九九年「金馬獎」影帝柯俊雄，也是以《一代梟雄——曹操》一片而再度獲獎的。此外，三國題材的各種讀物在台灣也長盛不衰。如遠流出版公司的《實用歷史叢書》，已經出版一百一十五部，三國題材就有十七部，包括《曹操爭霸經營史》、《三國智典一〇〇》、《三國謀略與現代商戰》等。其中旅日著名作家陳舜臣寫的小說《諸葛孔明》，一九九二年三月第一版，到二〇〇二年十二月已經印刷十萬冊，可見其受歡迎的程度。至於近年來興起的三國電子遊戲，更是深受青少年的喜愛。可以說，三國文化的廣泛傳播，對於維繫台灣民眾的中國文化心態和兩岸同根意識起了積極的作用。

令人感到奇怪的是，《三國演義》在台灣的群眾基礎是如此雄厚，而台灣的《三國演義》研究卻並不發達。這些年來，台灣出版的《三國》研究著作不多，雖然有學者寫過論文，作過報告，對涉及《三國》的某一方面（如三國戲）有一定成果，但似乎還沒有成就特別突出的《三國》專家。與大陸的《三國演義》研究相比，在研究的廣度和深度上，應該說還有明顯的差距。我這次赴台，由於時間太緊，與台灣同行的交流很不充分，對此深感遺憾。看來，今後應當努力加強兩岸學者在《三國》研究領域的交流與合作，共同弘揚中華民族的優秀傳統文化。

〈結語〉

學習三國文化，弘揚民族精神

擺在讀者面前的這部《神遊三國》，與遠流出版公司先前出版的拙著《賞味三國》是姊妹篇。兩部書共收一百五十篇文章，從六大方面進行漫話。讀者可以看到，這些文章並未局限於小說《三國演義》的範圍，而是上下千載，神遊於三國文化的廣闊天地。

什麼是「三國文化」？儘管從一九九〇年前後開始，人們頻繁地使用這一語彙，然而，對這一概念的內涵與外延，卻並未予以明確的界定。一九九一年十一月在四川舉行的「中國四川國際三國文化研討會」期間，中外學者對「三國文化」的概念仍未進行深入而集中的討論，但初步提出了兩種觀點：有的歷史學家站在傳統史學的角度，認為「三國文化」即歷史上的三國時期的文化；而我則從大文化的廣闊背景加以觀照，認為「三國文化」是一個寬泛的概念，它並不僅僅指、並不等同於「三國時期的文化」，而是指以三國時期的歷史文化為源，以三國故事的傳播演變為流，以《三國演義》及其諸多衍生現象為重要內容的綜合性文化（見〈國際三國文化研討會綜述〉，原載《社會科學研究》一九九二年第一期；《新華文摘》一九九二年第五期及中國人民大學《複印報刊資料・文化研究》一九九二年第二期轉載）。

轉眼之間，十五年過去了。這些年來，我提出的「三國文化」概念已經被越來越多的學界同行和有關部門所接受。為了便於讀者瞭解，這裡再作一番闡釋。

我認為，對「三國文化」這一概念可以作三個層次的理解和詮釋，下面略加論述。

一

第一個層次是歷史學的「三國文化」觀（或曰狹義的「三國文化」觀），認為「三國文化」就是歷史上的三國時期的精神文化。

歷史學的「三國文化」觀是有其科學內涵和科學價值的。歷史上的三國時期（通常包括從公元一八四年黃巾起事到公元二二〇年曹丕代漢的東漢末期或曰「前三國時期」），在文化上充滿了變革與創新，可謂英才鱗集，俊士雲蒸，成為中國文化史上一個輝煌的時期。

哲學方面。由於天下大亂，王綱解紐，封建秩序遭到嚴重破壞，自西漢形成的儒學獨尊的一統天下已被衝破，出現了繼春秋、戰國時期百家爭鳴之後哲學思想最為活躍的局面：道教創立，佛學傳播，玄學勃興，各種理論、各種學派互相爭辯，此消彼長，其深度和廣度雖然不及春秋、戰國時期的幾大學說，也沒有出現老子、孔子、孟子、荀子、莊子、韓非子那樣傑出的思想家，但仍具有強大的震撼力，帶來了思想的解放、人性的覺醒和社會風氣的改變，對後世產生了極其深刻的影響。

文學方面。建安詩歌響遏行雲，佳作迭出，三曹七子比肩而立，氣勢文采各見其長。曹操的〈蒿里行〉、〈短歌行〉、〈步出夏門行〉，曹丕的〈燕歌行〉，曹植的〈贈白馬王彪〉、〈野田黃雀行〉，王粲的〈七哀詩〉，陳琳的〈飲馬長城窟行〉，劉楨的〈贈從弟三首〉，均係廣為傳誦的名篇；蔡琰的〈悲憤詩〉摧肝裂肺，民間敘事詩〈孔雀東南飛〉情韻深遠，感動了一代又一代讀者。這一時期的散文以通脫質樸為勝，曹操的〈自明本志令〉直言不諱，諸葛亮的〈出師表〉情辭懇切，均可見其性情。這一時期的賦則以抒情小賦見長，王粲的〈登樓賦〉、禰衡的〈鸚鵡賦〉、曹植的〈洛神賦〉、向秀的〈思舊賦〉等，均為情真意切的上乘之作。這一時期的文學理論也有較大發展，曹丕的《典論‧論文》被公認為我國古代最早的文學批評專著。特別是深深植根於現實的「建安風骨」（或稱「建安風力」），更是備受推崇，享譽千載，成為後世現實主義文學的一面旗幟。

藝術方面。這一時期的書法、繪畫、音樂、舞蹈等藝術都有了長足進步，鍾繇的楷書藝術，曹不興的人物畫像，蔡琰、嵇康的琴曲等等，都早已名垂千古。

史學方面。隨著官府對史學的壟斷的打破和人們思想的解放，私家著史之風盛極一時，修史的態度、方法都有所變革，出現了荀悅、魚豢、謝承、韋昭等一大批著名史學家，為後來的《三國志》、《後漢書》等名著提供了堅實的基礎。

科技方面。這一時期也有一定的發展，華佗的針灸術和痲沸散、馬鈞的指南車和翻車、諸葛亮的木牛流馬等等，均堪稱千古奇蹟。

上述種種，人們已經作了多方面的研究，這裡不再贅述。可以肯定，歷史學意義的「三國文化」具有永恆的研究價值。

二

第二個層次是歷史文化學的「三國文化」觀（或曰擴展義的「三國文化」觀），認為「三國文化」就是歷史上的三國時期的物質文明與精神文明的總和，包括政治、軍事、經濟、文化等領域。

政治方面。這一時期是中國歷史上的一個重要的承先啟後的階段，階級關係、民族關係和政治制度都發生了深刻的變化。在各個政治集團之間紛紜複雜的鬥爭中，湧現出一批傑出的政治家，魏、蜀、吳三國的開創者曹操、劉備、孫權及諸葛亮尤為其中的佼佼者。他們在審時度勢、內政外交、識才用才等方面，都有突出的表現和建樹，對後人極富啟迪意義。在制度建設上，這一時期確立的三省制、州郡縣三級政區制、九品中正制等等，對後世影響極大。

軍事方面。這一時期的「三大戰役」（官渡之戰、赤壁之戰、夷陵之戰）乃是中國軍事史上的傑出範例；諸葛亮平定南方之舉、鄧艾滅蜀之役、西晉滅吳之戰，亦各見其妙。瞬息萬變的征戰殺伐，孕育了一批傑出的軍事家。他們的軍事理論、戰略戰術、韜略計謀，一直被後人效法和吸取。實戰的需要，使軍隊編制、人員裝備、軍事技術等有了新的進步。

經濟方面。在三國鼎立形成以後，曾經遭受嚴重破壞的經濟逐步得到恢復和發展，農業、紡織、冶金、鹽業、交通、航運等等，或取得新的經驗，或有了較大發展。曹魏的屯田制、蜀漢對絲綢業的振興、孫吳對江南地區的開發，都取得了相當大的成功。生產力的發展，既是消除分裂，實現重新統一的內在要求，又為重新統一提供了最基本的歷史條件。

上述種種，有的已經得到了深入的研究，有的還存在若干空白，尚待人們認識和發掘，這裡不擬多加闡說。毋庸置疑，歷史文化學意義的「三國文化」概念也可以成立，同樣具有永恆的研究價值。

上面兩個層次的「三國文化」觀，雖然範疇的大小有所不同，但都是把問題置於一個特定的歷史時期，都認為「三國文化」就是「三國時期的文化」，只是對「文化」一詞的內涵和外延的界定廣狹不一而已。儘管它們有充分的理由自立，而且有足夠的內容可供研究，並為相關的研究提供歷史依據；然而，對於許多實際存在的三國文化現象，它們卻難以作出完整的說明。這就需要談到第三個層次的「三國文化」觀了。

三

第三個層次是大文化的「三國文化」觀（或曰廣義的「三國文化」觀），就是我在本文開頭提到的，認為「三國文化」並不僅僅指、並不等同於「三國時期的文化」，而是指以三國時期的歷史文化為源，以三國故事的傳播演變為流，以《三國演義》及其諸多衍生現象為重要內容的綜合性文化。不過，對於「以三國故事的傳播演變為流」一語，我想略加補充，改為「以三國故事和三國精神的傳播演變為流」。比之前面兩個層次的「三國文化」觀，廣義的「三國文化」觀具有更大的涵蓋性和更廣的適應性，更便於認知和解釋很多複雜的精神文化現象。

就拿人們熟知的「諸葛亮崇拜」現象來說吧。歷史人物諸葛亮，確實是三國時期傑出的政治家和優秀的軍事家，他高瞻遠矚，勵精圖治，清正廉明，克己奉公，鞠躬盡瘁，死而後已，不僅在當時極被敬重，而且在後世深受推崇。不過，客觀地說，歷史人物諸葛亮的文治武功是相當有限的，就歷史功績、歷史地位而言，數千年中國史上超過諸葛亮的政治家、軍事家至少可以舉出幾十個；然而，要論在億萬人民群眾中的知名度和影響力，文武周公姜尚管仲也好，秦皇漢武唐宗宋祖也罷，誰也比不上諸葛亮。原因何在？可以說，在很大程度上是由於魏晉南北朝以來民間傳說故事的世代講述，由於唐、宋、元通俗文藝的多方刻畫，特別是由於《三國演義》的成功塑造，由於根據《三國演義》改編的戲曲、曲藝等多種藝術形式的反覆渲染和廣泛傳播，才使諸葛亮的形象越來越豐滿，越來越美好，家喻戶曉，備受熱愛。這樣的諸葛亮形象，與歷史人物諸葛亮雖有聯繫，但已有了很大距離。正是由於文學藝術對史實的融合、改造和創新，由於廣大民眾倫理觀念和審美理想的滲透，使諸葛亮成為古代優秀知識分子的崇高典範，成為中華民族忠貞品格和無比智慧的化身，成為中外人民共同景仰的不朽形象。

再看風行海內外的「關羽崇拜」現象。歷史上的關羽，號稱「萬人敵」，確是一員虎將、勇將或名將；然而，他還算不上軍事家。就歷史功績而言，歷代超過他的名將比比皆是，如唐代平定「安史之亂」的主要統帥郭子儀，功勞就比他大得多。但是，在後人的心目中，關羽的地位卻凌駕於所有武將之上，在清代還高於諸葛亮，甚至高於「萬世師表」孔子。其原因，除了歷代統治者的層層褒揚和極力抬高之外，《三國演義》和民間三國傳說故事的美化與渲染起了很大作用（一般人印象中的關羽的赫赫戰功，相當大一部分，如「溫酒斬華雄」、「誅文醜」、「過五關斬六將」、「斬蔡陽」等，都是《三國演義》虛構的），而根據《三國演義》改編的戲曲、曲藝等藝術品種，又不斷地強化關羽的超人形象，各種宗教也根據自己的需要來神化關羽。正是多種社會因素的合力，把關羽推上了神的高位，讓芸芸眾生頂禮膜拜。這樣一個關羽形象，與歷史人物關羽實在相去甚遠，只能用大文化的觀點來詮釋。

三國文化的寬泛性，也表現在眾多的三國遺蹟上。在本書的〈天下勝蹟數三國〉一文中，我已經闡明：遍佈於全國各地的「三國遺蹟」，大部分並非嚴格意義上的「三國時期的遺蹟」，而是在漫長的歷史過程中逐步形成的「與三國有關的名勝古蹟」。儘管它們不能與三國歷史畫等號，但卻寄託了歷代人民對三國史事和三國人物的追慕和緬懷，表現了人們的愛憎、理想和願望；它們的形成演變本身，也已成為歷史，從一個側面反映了我們民族心靈變遷的歷程，具有豐富的文化內涵和巨大的研究價值。

因此，從大文化的廣闊視野進行觀照，「三國文化」實際上是一種世代累積型的文化，它是漫長歷史時期中民眾心理的結晶，對中華民族的精神生活和民族性格產生了十分深遠的影響，在世界各地也廣泛傳播。

自二十世紀九十年代以來，一些學者先後提出了「諸葛亮文化」、「關羽文化」、「《三國演義》文化」等命題，並運用大文化的觀點對這些命題作了論述，有的論述還相當精彩。這些命題，在內涵上時有交叉，其形成過程各有特色，它們均可視為廣義的「三國文化」的分支。

四

上述三個層次的「三國文化」觀，每一個都可以分別進行宏觀研究和微觀研究。但相對而言，我們不妨把它們之間的關係看作微觀研究、中觀研究和宏觀研究的關係。正因為這樣，這三種概念並非截然對立，而是如同一組同心圓，圍繞著同一個圓心，層遞擴大其範疇。這個圓心，就是三國時期的文化的基本內核；層遞擴大的範疇，就是其發展、演變、吸納、衍生的方方面面。這裡當然不存在簡單的什麼重要什麼不重要的問題，就像江河的源與流：萬里長江，其源頭只是幾條纖細的小溪，但沒有這源頭便沒有萬里長江；然而，僅僅靠這幾條小溪，而不融匯百川，也決不會形成浩浩長江，奔騰到海！所以，三個層次的「三國文化」觀，其實共同承擔著闡說和研究三國文化的任務。如果對這種辯證關係缺乏清醒的認識，過於拘守傳統的史學角度，否定和排斥各種衍生文化現象，實際上是作繭自縛，在許多問題上難以自圓其說。明確了這一點，在研究三國文化時經常感到的歷史與文學既密不可分，又不斷「打架」的問題，就可以迎刃而解了。事實上，一九九一年十一月的「中國四川國際三國文化研討會」，讓來自史學界、文學界的專家學者與藝術界的知名人士共聚一堂，這本身就是對「三國文化」的寬泛性的肯定。同樣，一九九三年五月在浙江富陽舉行的「孫吳與三國文化研討會」，也是由《三國演義》研究專家、三國史研究專家和從事三國題材創作的藝術家共同出席。這雄辯地證明，文學研究者和歷史研究者這兩大方面軍正在逐步會合於廣義「三國文化」這面旗幟之下。這自然是令人十分高興的。

在結束本書的時候，我想強調指出：三國文化決不僅僅是一種歷史現象，直到今天，它仍然富有活力，仍然影響著我們的現實生活，流淌於我們的血脈之中。今天的電視連續劇《三國演義》、廣播連續劇《三國演義》、三國文化之旅、三國故事新編、三國電子遊戲，等等，不僅是三國文化的載體，而且是對三國文化的豐富和補充。人們對三國文化的種種詮釋、研究和應用，同樣也延續和發展著三國文化。作為中華民族文化的有機組成部分，它將有助於我們弘揚民族精神，將伴隨我們走向未來，再創輝煌……

二〇〇六年十一月十二日

於錦里誠恆齋